光文社文庫

スイングアウト・ブラザース

石田衣良

KOBUNSHA

光　文　社

目次

スイングアウト・ブラザース

1

緊急招集がかかったのは、三月最後の金曜日だった。

集合場所は三人が男同士のときだけ利用する有楽町ガードしたの焼き鳥屋である。京浜東北線と山手線など複数の線路がとおっているので、頭上はいつもガタガタ騒がしかった。炭火の煙で店内がいつもかすんでいる大衆店だ。

今どき流行《はや》らないロン毛をかきあげて、がりがりにやせた男が口を開いた。ゲームメーカーでプログラマーをしている矢野巧《やのたくみ》である。

「なんだよ、コバ、急に呼びだして。うちの新作、だいぶ発売予定日をすぎてんだぞ」

三月の終わりとはいえ、夜になるとかなりの冷えこみだった。巧は妙に派手な革ブルゾンのまえをかきあわせた。男の癖に冷え性なのだ。

「そんなこといっても、しょうがないだろう、ヤノッチ。こっちは衝撃でボロボロなんだから」

コバは小林紀夫《こばやしのりお》のあだ名である。さして優秀でもない私立大学を卒業して十一年目。ずっと地元下町の信用金庫で働いていた。すっかり勢いがなくなった商店街を自転車でまわり、百円単位で定期預金を集める顧客係である。頭のてっぺんが薄くなってきたのが、このごろの悩みだった。

「だから、なんなんだよ。緊急招集なんて、よほどの理由がなきゃかけないだろうが」

コバの目は落ちくぼんでいた。そういえば、前回あったときよりも、やせたような気もする。こいつはいったいどうしたんだろう。ヤノッチは鳥皮の串をつまんだ。この店の鳥皮の塩と砂肝の塩、それに鳥団子スープは絶品なのだ。コバはまったく元気のない声でいった。

「理由はホリブがきたら、ちゃんと話す。どっちにしても、今夜は徹底的につきあってくれ。頼む、大学一年のとき出会って、十五年越しの親友だろ。頼むよ」

コバが頭をさげると、頭のてっぺんは薄雲に隠れた月のようだった。地肌が明るく透けている。ヤノッチはその頭を見て、自分のほうも心配になった。もともと猫っ毛だったのだが、最近さらに細くなってきた気がする。

「じゃあ、ホリブを待つか」

ホリブの名前は堀部《ほりべ》俊一《しゅんいち》である。百八十センチを超える身長に、百キロぎりぎりの体重。動作はとても俊敏とはいえなかった。ヤノッチとコバがつけたあだ名は、ホリブーである。最近は音引きをとって、単にホリブと呼んでいた。

ヤノッチの内ポケットで、携帯の着メロが鳴った。「残酷な天使のテーゼ」は、いわずと知れた「新世紀エヴァンゲリオン」のオープニング曲である。電話にでたヤノッチがいった。

「はい……おーっ、ホリブか……仕事でもう一時間はかかる……わかった、伝えとく」

コバは真剣な表情で、おたくのプログラマーを見つめていた。こんないかれた革ジャンは、どこで買うのだろう。一時間という言葉にがっくりと肩を落とした。

「というわけだ。どうする、やっぱり、ホリブを待つか」

コバはいやいやをするように首を横に振り、思いだしたようにネクタイを取った。安物のシャツの第二ボタンまで開けると、下着代わりのTシャツの伸びた襟がのぞく。ヤノッチはいった。

「早く吐いて、楽になっちまいな」

2

季節外れの蚊の鳴くような声だった。

「晶子《あきこ》に振られちゃったんだ」

ちょうど京浜東北線の青い電車が頭上をとおっていた。ヤノッチはおおきな声でき返した。

「なんだって」

コバはやけくそになったように声を張った。

「だからさ、晶子に振られちゃったんだ」

声の途中で電車は高架線の通過を終えていた。店中の酔っ払いが、頭の薄い信用金庫の顧客係に注目している。コバは赤い顔で、したをむいた。ヤノッチははげますようにいう。

「晶子さんて、あの晶子さんか」

「ほかにどんな晶子がいるんだよ、水橋《みずはし》晶子に決まってるだろ」

ヤノッチはコバのコップが空になっているのに気がついた。炭火の煙にむかって注文する。

「麦焼酎のお湯割りふたつ。だけど、なんでそんな急に」

振られた男は弱いものだった。コバはすがるような目で、古い悪友を見つめた。

「いや、そろそろおれたちぞろ目だろ。六月には三十三歳になる。晶子とはつきあって、もうすぐ二年だし、むこうもじき三十歳だ。それで、このまえデートの帰り道、車のなかでいったんだ」

ヤノッチは無難な白のトヨタ・カローラを思いだした。なんでも信用金庫では、国産車にしかのれないのだという。ついまえのめりになってしまった。

「プロポーズしたのか」

コバはいまいましい口調で吐き捨てた。

「ああ、したよ。生まれて初めてのプロポーズだった。それが、なにか」

ヤノッチは必死で笑いをこらえていた。

「いや、別に文句なんかつけてないだろ。それより、プロポーズの言葉は」

新たに届いたお湯割りをひと口で半分空けて、コバがいった。

「そろそろおれたちも身を固める時期だよな。結婚しないか。ほかにどんないいかたがあるんだよ。プロポーズなんて、いかれた芸能人みたいなやつ以外は、みんなそんなものだろ」

確かにそんなものだと、ヤノッチも思った。まだプロポーズの経験はなかったのだ。だらだらと好きなことだけして、いつの間にか三十歳の坂を越えてしまった。

「そうしたら、晶子が窓の外をむいたまま、ため息をついたんだ。最初になんていったと思う」

「ひどかったのか」

コバはうなずいて、残り半分の麦焼酎ものんでしまった。

「同じのもうひとつ、いや面倒だからふたつ。ひどいなんてもんじゃなかった。あいつが最初にいったのは、そろそろあなたと別れようと思っていた、だぞ。プロポーズへの返事が、そんなのってあるか。なあ、ヤノッチ、信じられるか。おれはちゃんと働いてるし、高給取りじゃないけど、それなりに安定してる。ひとりっ子だから実家の土地と家も相続できる。うちの親は敷地のなかに、別な家を建ててくれるといってたんだ」

「ふーん、そうなのか」

うつむいていたコバの目を見て、ヤノッチはあせってしまった。かすかに赤くなっているのは、アルコールのせいだけではないようだ。泣いてるのか、こいつ。

「しまいには、おれには向上心がないっていったんだ。正確には、あなたには向上心がない。ずっと同じまま、今までと同じように退屈な未来なら、わたしはあなたといっしょにさよならどころか、手さえ振らなかった。それが、このまえの日曜日」

「そうしたら、あいつ反対車線にわたって、タクシーをとめて、さっさとのりこんじまった。

「晶子はもう同じ車内にのっているのも嫌だ、とめてくれという。おれは車をとめたさ。

「それで、どうした」

虐殺場面に立ち会ったようだった。ヤノッチの背中に寒気が走る。

いたくないって」

「そりゃ、きついなあ。晶子さんがそんな切りかたをするなんて、意外だなあ」

コバの目がすわっていた。

「そうか、今になるとよくわかるけど、あれは冷たい女だよ。つぎの日から、おれの携帯は着信拒否になってたしな。五日間で、四キロはやせたからな。ひどい女だよ。くそー」

コバが傷だらけのテーブルに突っ伏した。また目のまえに月がでる。ヤノッチはかける言葉をなくして、考えていた。親友の失恋のことではない。自分のガールフレンドの池内《いけうち》里恵《りえ》のことである。里恵は八歳年したの二十五歳。アニメ関係のパーティで知りあった、すこしとうのたったコスプレイヤーである。仕事がいそがしいといって、この二カ月近く放りっぱなしだった。

里恵は旅行好きなので、またひとりで東南アジアにいくといっていたが、その後どうなってしまったのだろう。この三週間ほどは電話さえかけていなかった。新作ゲームの追いこみが厳しくて、ほとんど会社に寝泊まりするような日々である。

もし、自分がコバのようにプロポーズしたら、どんな返事がかえってくるのだろうか。想像しただけで、恐ろしくなる。三十三歳という年齢を考えた。もう若くはないが、おじさんという年でもない。ひどく中途半端だ。

そろそろ結婚について、真剣に考えなければならなくなる時期でもある。自分が誰かの夫や父親になることを想像したが、ヤノッチの頭のなかにはまったく像が浮かばなかった。綾波《あやなみ》レイやナウシカならすぐに思い描けるのに、里恵の顔を思いだそうとしてもダメなのだ。

おたくのプログラマーは、半泣きの顧客係のまえで、ひとりあせっていた。

3

「よう、待たせたな」

焼き鳥の煙のなかからあらわれたのは、アイヴィルックの巨漢である。ホリブは身長百八十一センチ、体重はなんとか節制に努めてふた桁台にぎりぎりで収まっていた。時代遅れの紺のブレザーの胸には、金糸の縫い取りのワッペンがつけられている。鷲だか獅子だかのエンブレムだ。ホリブは席に着くまえに、ブレザーを脱ぎ、パイプ椅子の背にかけた。ハンカチで首筋をぬぐいながらいう。

「いやあ、暑いな、今日は。おねえさん、生ビールね」

すぐに届いた生ビールを、排水溝にでも流しこむように空けてしまう。

「同じのひとつ。あと、焼き鳥の盛りあわせを二人まえ」

豪快に注文したホリブに、ヤノッチがいった。

「おまえ、すこしは野菜もくえよ」

太っているせいか、ホリブの面《つら》の皮は厚かった。笑うと頬が顔の横にはみだす。

「嫌だよ。野菜なんて、ウシとかヤギのくいものだろ。おれは昔から肉が好きなんだ。それにこう見えても、おれは九キロもやせたんだぞ」

コバとヤノッチは、まるで体形の変わっていない友人を見つめた。ふたりの声がそろってしまう。

「ダイエットしてるのか」

ホリブは中腰になって、ベルトの位置を見せた。

「そんなんじゃないけどな。ほら、見ろ。ベルトの穴がふたつ分縮んでるだろ。おれは今九十キロちょいってところだ」

コバがつまらなそうにいった。

「ホリブはどうしてやせたんだ。仕事か」

堀部俊一は清涼飲料水メーカーの営業職だった。受けもち地区の酒屋や駄菓子屋を駆けまわる日々である。その会社ではなぜか男性社員のほとんどが、時代遅れのアイヴィファッションである。考えてみれば、日本人の男は染まりやすいものだ。

ヤノッチはゲーム制作、コバは信用金庫、ホリブは清涼飲料水メーカー。それぞれの職場の色に見事なほど染まっている。三人共通しているのは、トーンは別々でも、さしてファッショナブルとはいえないところだろう。大学時代からセンスはよくもなく、卒業後十年以上がたってもまるで磨かれていない。

ホリブはブレザーのポケットから大判のハンドタオルを抜いた。首、額、胸元、シャツ一枚なのに、なぜこれほど汗をかいているのだろうか。焼き鳥をふた串ずつ片づけながら、営業マンはいった。

「おまえたちに話してなかったっけ。おれ、先月、ミリアと別れたんだ」

またヤノッチとコバの声がそろった。

「きいてないよ」

ホリブはさしてショックを受けていないようだった。空いた串を皿のわきに積みあげていく。

「別れたっていうより、振られたんだけどな。いきなりウイークデイにあいつに呼びだされて。話があるってさ」

先ほどまで自分の失恋話で涙ぐんでいたコバが、テーブルに身体をのりだしていた。

「それで、それで」

「話が長くなるんだけど、いいか」

コバは上機嫌だった。

「いいよ。おねえさん、中生もうひとつね。じっくり、くわしく、話をきかせてくれよ」

ホリブは名物の砂肝にたっぷりと七味をかけた。ひと口で片づけてしまう。

「やっぱり、ここのはうまいなあ。なんで、女たちって、こういう店のよさがわかんないかな。煙のにおいが洋服につくとかなんとか、すかしちゃってさ」

コバはだんだんいらいらしてきた。この男には学生時代から、妙にペースを狂わされる。

「おまえ、くいものの話はいいから、ミリアさんのことをきかせろよ」

二口三口しかかんでいない砂肝を、生ビールで流しこんだ。こいつの胃はどうなっているのだろうか。ヤノッチがいった。

「ミリアさんに振られたところまでだ。なにがあった」

「だからさ、いきなり呼びだされて、あいつがいってる学校の話をされた。ミリアはまじめなんだ。おまえたちも知ってるだろう」

コバとヤノッチは黙ってうなずいた。初めて四人でドライブにいったときには、全員分のランチをつくってもってきたのである。しかも、手づくりのデザートつき。あれは確か生のチーズケーキとメロンやキウイやイチゴをさいの目に刻んだフルーツカクテルだった。センスはよくて、料理の腕は抜群。このデブは惜しい女性をなくしたものだ。コバは不思議そうにいった。

「ミリアさんって、生命保険の会社で事務やってたんだよな。なんで、学校なんていってたんだ」

ホリブはかまわずに焼き鳥を頬ばっている。もごもごといった。

「一般職だし、もううえはない。あいつなりに考えて、アロマテラピーやリラクゼーションの学校にかよっていたんだ。なんでも学費が三百万円近くもする、えらく高級な学校だったらしい。ちゃんとなにかを勉強して、人生をリセットしてみたかった。そんなことっってたな」

コバが真剣な表情できいた。

「ミリアさん、いくつになったんだっけ」

「同じ年だから、今年で三十三だ」

コバとヤノッチはため息をついた。確かに、いい加減疲れて、今の生活には飽きている。リセットできるものなら、自分もそうしてみたかった。ヤノッチがしみじみいった。

「リセットかあ。おれも若いころの情熱だけで、仕事選びを早まったかもしれないな」

ゲーム制作は確かに悪くない仕事だった。だが、給与の点でも、残業の多さでも、問題はいくらもあった。第一、あと十年もして、まだ自分はコンピュータゲームに関心をもち続けることができるだろうか。しかも、新しいセンスをもった若い制作者が続々と加わってくるのだ。不安は山積みだった。コバは日曜日に振られたばかりなので、突っこみが厳しかった。

「それで、人生のリセットにあわせて、恋愛もリセットしたいとか、いわれたのか」

ホリブはつくねを六個口に放りこんでいった。

「なんだよ、コバ。おまえ、知ってたのか」

信用金庫の顧客係は苦々しそうにいった。

「いや、違うよ。でも、いかにも女がいいそうな台詞《せりふ》だろ」

ホリブも同調した。つぎはねぎまに手を伸ばす。

「まあ、そうだな」

ヤノッチが舌打ちしていった。

「おまえたちはのんきだな。三十女が、自分の人生をリセットしたいとか、あんたには向上心がないとかっていうのは、よほどのことなんだぞ。その重さがわかってるのか」

ホリブはなんのことか意味がわからないという顔をした。

「なんなんだ、その向上心のないやつの話は」

コバがそっぽをむいていった。

「おれのことだよ。日曜日に晶子にプロポーズして、あんたみたいな向上心のない男は嫌だといって、振られたんだ。いいよ、どうせ、おれは向上心なんてありませんよ。一生ただのつまらない男で終わりだよ。なんだよ、すかしやがって」

ホリブがいつの間にか焼き鳥をくう手をとめていた。肉の厚い肩が震えている。

「まったくだよな。なにがアロマテラピーだよ、ヒーリングだよ。カッコばかりつけやがって。日本人の女って、みんなどこかいかれてるんじゃないか。いい年して韓国人の男優にあんなキャーキャーしたり、歌もろくにうたえないガキのグループを大人になっても追っかけたり。それで、悪いのは、みんな男だっていいやがる。なめるんじゃねえよ」

ヤノッチは今年の年頭に読んだ新聞記事を思いだした。人口動態予測のチャートが一面にのっていたのである。二〇五五年には日本の人口は一億を切って九千万人台になる。ほんのひと世代で、三千万人以上も日本人が地球上から減少してしまうのだ。これはゆっくりとした民族的自殺ではないだろうか。

考えてみれば、ここにいる三人もみな独身だった。当然子どもはひとりもいない。仕事だけはなんとかこなしているが、それ以外のことはお寒い状況だった。親友ふたりの失恋話を連続してきかされ、ヤノッチの胸も黒々とした不安でいっぱいになった。胸がどきどきするくらい嫌な感触だ。

そのとき内ポケットで「残酷な天使のテーゼ」が鳴った。ガードしたの焼き鳥屋のテーブルにむかったまま飛びあがりそうになる。

4

「ヤノッチ、わたし」

ガールフレンドの里恵からだった。送話口を押さえて、横むきになる。

「今、電話して、だいじょうぶ。仕事中？」

「いいや、だいじょうぶ。今日は仕事はすんでるから」

コバとホリブの振られ話のせいで、思い切りやさしい声になってしまった。やさしくできるあいだはやさしくしておかなければいけない。女はいつ逃げだすか、わからないのだ。コバは相手が里恵だとわかったらしい。興味津々の顔でのぞきこんでくる。

「わたし、今空港なんだ」

あせってしまった。ガールフレンドの海外旅行の日程を、まるで知らなかったのである。

「いってらっしゃい。身体に気をつけてな」

里恵の声は明るかった。

「ウケるー。なにいってるの、ヤノッチ。わたしはさっき台湾から帰ってきたばかりだよ」

ヤノッチは汗をかいていた。

「あ、あ、あっ、そういうことか。お帰り」

「それでね、いいにくいんだけど」

コスプレ好きの若い女は、ちっともいいにくくはなさそうだった。さらりという。

「台北で素敵な人に出会っちゃったんだ。好きな人ができたから、別れてくれない。ヤノッチには悪いけど、そういうことなので、もうつきあえないから」

腹を割《さ》かれて、泥だらけの手を突っこまれたようだった。ひどい吐き気がする。

「ちょ、ちょっと待ってくれ」

里恵は若いだけ、ドライだった。

「待ったって、なにも変わらないよ。誰かと無理してつきあうなんてできないんだから、これで終わりだよ。ヤノッチだって、かわいそうだからっていう理由でつきあってもらうの嫌でしょう」

そういう問題ではなかった。いきなり携帯電話で別れを切りだすなんて、アンフェアである。この二年間をなんだと思っているのかと叫びたかった。あまり女性経験のないヤノッチにとって、里恵は初めての年が離れた恋人だった。かわいくて、しかたなかったのだ。親友の手まえ、取り乱すこともできずに、ヤノッチは思ってもいないことをきいた。

「その台北の男って、どんなやつなんだ」

里恵は朗《ほが》らかにいった。

「ああ、アンディくんのこと？」

なんで中国人なのに、アンディなんだ。思わず突っこみをいれそうになる。

「アンディくんは、台北の大学院生。秋から日本の大学に留学するんだ。日本のアニメが大好きで、『鋼の錬金術師』のコスプレがすごく似あうんだよ」

「……………」

なにもいうことはなかった。はずむような声をきけば、いかに始まったばかりの恋がたのしいか、鈍い自分でもわかる。ヤノッチはがっくりと肩を落とした。

「それで、もう終わりって、ことなんだよな」

「そう。ながいあいだありがとうね。ヤノッチも、新しいしあわせ見つけてね。じゃあ」

電話はきたときと同じように突然切れてしまった。ホリブとコバが、テーブルのむこうから好奇心丸だしでのぞきこんでくる。コバがうれしそうにいった。

「なんだよ。今の意味深な電話。彼女か」

ヤノッチはしかたなくうなずいた。ホリブもまた元気になったようだった。ごりごりと軟骨をかみ砕きながらいった。

「もしかして、おまえも失恋しちゃったのか」

すっかり冷めた焼酎のお湯割りをのんだ。黙ってうなずく。十五年来の親友は遠慮がなかった。ホリブはあたりまえのようにいう。

「だいたい八歳も年したなんて、犯罪みたいなもんだからな」

コバが店の奥にむかって叫んだ。

「麦のお湯割りよっつと生ビールふたつ。こうなったら、今夜はのみ明かそうぜ。ここにいる三人は、全員振られちまった。これからは週末のデートの予定もないんだからな」

「いいねえ、いいですねえ。そうと決まれば、焼き鳥もじゃんじゃん頼もう。おねえさん、盛りあわせ三人まえ追加で」

コバは自分だけでなく、友人ふたりも振られたので、おおいに気が楽になっているようだ。薄い頭をかき乱していう。

「いや、女なんて、たくさんいるんだ。その気になれば、すぐに見つかるさ。遊びだって、恋愛だって、結婚だって、自由自在さ」

ヤノッチは炭火の煙を見つめながら考えた。果たして、ほんとうにそうなのだろうか。これほど独身者が増えているのには、それなりの恐るべき理由があるのではないか。現代は恋することや結婚が、たいへんに困難な大事業になった時代なのではないか。煙まみれのこの店と同じように、恋愛の未来は視界不良の状態なのだ。コバとホリブは盛んにのんで、さわいでいたが、つい数分まえに振られたばかりのヤノッチは、明るい展望などまるでもてなかった。

そのとき、ホリブがいった。

「そういえば、サークルのいっこうえの先輩覚えてるか」

三人が所属していたサークルは、夏はテニス、冬はスキーやスノボというナンパな同好会である。コバがいった。

「いっこうえの先輩といえば、誰がなんていっても、美紗子《みさこ》姫だな」

河島《かわしま》美紗子は育ちがよく、成績優秀で、サークル一どころかミス・キャンパスを獲るほどの美人だった。ヤノッチがいった。

「その姫がどうしたんだ」

ホリブはにっこりと夢見るように笑った。

「このまえ、営業で恵比寿《えびす》をまわってるときに、ばったり会ったんだ。駅のそばの高級エステのオーナーなんだって。おまえたちのことを話したら、今度いっしょにディナーでもどうって、誘われたよ」

コバがホリブの丸い肩をたたいた。

「それで、それで、美紗子姫はやっぱりあのままだったか。しわくちゃになってないよな」

目のまえで手を振って、ホリブがいった。

「昔よりもっときれいになってたよ。さすがにエステのオーナーだけあって、しわなんてぜんぜんない。肌はツルツルで、瞳はキラキラ。やせてるくせに、おっぱいなんてこうだ。しかもな、独身で彼氏は募集中なんだってさ」

「イヤッホー、よくやった、ホリブ」

信用金庫の顧客係が叫んでいた。ヤノッチはJRのガードしたから、春の夜空を見あげた。夜になって急に冷えこんだせいで、もやがでているようだ。有楽町のネオンサインが夢のように淡くにじんでいる。

おれたち三人の恋愛の未来は、どうなるのだろうか。視界不良なのは、ニッポンの明日や春の夜空だけではないようだった。

5

「サクラってうっとうしいよな。嫌味なくらい満開に咲きやがって」

矢野巧が妙にさらさらのロングヘアをかきあげてそういった。ゲーム会社のプログラマーは、いまだに時代遅れの長髪だ。

「まったくだな、ヤノッチ。駅からここにくるまでのあいだ、ずいぶん見たもんな。東京ってあちこちサクラだらけだよな。それに女たちの格好はなんなんだ。ちょっと暖かくなったと思ったら、ひらひらのミニスカとか肩だしのセーターなんか着やがって。男をばかにしてるのか、誘ってるのか、わかりやしない」

信用金庫の顧客係・小林紀夫は、休日の午後でもネクタイをはずしただけの灰色スーツ姿である。最後の言葉はうれしいのか、憎らしいのか、どちらにもとれる調子だった。髪が薄いのが気になるのだろう、妙に頭に手をやる癖がある。

「コバ、おまえさ、そんなに地肌にさわってばかりいると、毛根が死んで、もっと髪が抜けるぞ」

清涼飲料水会社の営業マン、巨漢の堀部俊一はレターカーディガンにボタンダウンシャツのアイヴィルックである。今どきでかでかとHのワッペンが縫いとられたカーディガンなど、どこで売っているのだろうか。

「うるさい、ホリブ。おまえのほうこそ体重が三桁にのらないように気をつけろ」

さして優秀でもない私立大学を卒業して十一年。三人の厚くもない友情はだらだらと続いていた。普段ならせいぜい三、四カ月に一度しか顔をあわせることはないのだが、この春は違っていた。

つい二週間ほどまえ、有楽町ガードしたの焼き鳥屋で会っていたのだ。三人にとっては思いだしたくもない最悪の春の夜である。ほとんど同時につきあっていた恋人に振られたのだ。あれは見事なトリプルプレーのようだった。女たちはきれいさっぱりと男を切り捨て、振られ男三人が誰ひとり観客のいないフィールドにとり残された。見事な三重殺である。

ホリブが生ビールの中ジョッキを空にして、宙にもちあげた。

「おーい、お姉さん。お代わり」

かかげたジョッキの上空は、恵比寿ガーデンプレイスだった。ウェスティンホテル東京の二十二階建ての高層ビルと花曇のまぶしい空が広がっている。三人がテーブルをとったのは、広場に面したイタリアンのテラス席だった。卓上には生ハムとソーセージの盛りあわせに、トマトとモッツァレラチーズのサラダがカラフルにならんでいる。コバは頭に手をやりながらいった。

「恵比寿なんておしゃれな街にはめったにこないからな。こんな日傘のしたで昼間からビールなんかのんでると、なんだか自分がおしゃれな人間になった気がする。おれ、イタリア人に見えないか」

そこにいる男たちのなかには、誰ひとりファッショナブルな人間はいなかった。学生時代から別に着るものなど重要だったことはない。とくに女性からもてたいと思ったこともなかった。ヤノッチがいう。

「まったくな。こっちもようやく新作ゲームの追いこみが終わってさ……」

言葉の途中で黙りこんだ。三人の視線が集中する。ちいさな噴水が水音を立てる石張りのテラスを、若い女がやってきた。素晴らしいスタイルだった。黒いワンピースは、ひざうえ二十五センチはありそうなマイクロミニ丈。カフェオレ色に焼けた素足はすっきりと伸びやかで、つま先には黒いエナメルのサンダルが光っている。胸はほぼ垂直に前方に突きだし、引き締まったウエストに金の鎖が歩くたびに左右に揺れていた。ミニの女がいってしまうまで、三人はしっかりと視線を送り続けた。目のまえに宇宙人が舞い降りても、これほど注目することはないかもしれない。

しばらくして、ヤノッチがいった。

「おれ、なに話してたんだっけ」

コバがため息をついた。

「いい女だったな。さすがに恵比寿は違う。えーと、ゲームづくりが終わったとかなんとかいってたぞ」

「そうそう。それでここんとこ毎日、会社のほうは休みみたいなものなんだ。時間が空いたときに相手がいないっていうのは、やっぱりきついよな。おまえたちもいそがしくて、遊んでくれないし」

コバはもう一度ながながとため息をついた。

「まったく。週末のスケジュールは自動的に埋まっていたのに、今はなんにもやることがない。彼女がいないと、週休二日制がきつくてしょうがないよ。仕事でもしていたほうが、いくらましだかわからない」

ホリブが胸を張った。新しく届けられたジョッキをあげていう。

「さあ、もう一回乾杯しようぜ」

ヤノッチが地球防衛軍のような派手なレザージャケットを脱ぎながら、きつい調子でいった。

「なにがめでたいんだよ。おれたちは全員女に振られたんだぞ。スイングアウトで三振。それも三者連続三振だ。手も足もでないだろうが」

コバもどこかの量販店のツープライススーツの上着を脱いだ。ていねいに椅子の背にかけるところに、この男の性格がでている。

「そうだ。それに、なんだってこんなに早くおれたちを呼びだしたんだ。美紗子先輩はまだこないんだろ」

「おまえたちは文句が多いんだよ。先に乾杯したら、いいネタを教えてやるから。ほらほら」

コバとヤノッチはしかたなく残りすくなくなったビアジョッキをあげた。かちんと白々したガラスの音がする。

「つまんない話なら、ここは全部おまえのおごりだからな」

ホリブは自信満々である。こぶしで胸をたたくと、シャツのしたで脂肪が揺れた。

「まかせておけ、おれの仕事をなんだと思ってるんだ」

ふたりの声がそろった。

「ジュースのルート営業」

「だからさ、うちの親会社はビール会社だろ。そこの得意先に、船会社があってさ」

信用金庫の顧客係が不思議な顔をした。

「船……なんだ、それ」

にっと笑って、ホリブは一度に三枚の生ハムを口に押しこんだ。音を立ててかみながらいう。

「その会社では観光船とか、豪華客船をもってるんだよ。それで無理に頼みこんで、チケットを三枚手配してもらった」

ヤノッチはいらいらした様子で髪をかきあげた。乱しているのか、整えているのかわからない仕草だ。

「のんびり船旅をしてるようなヒマはないよ」

ホリブは札入れを尻ポケットからとりだし、チケットを抜いた。

「いいから見てみろ」

手わたされた多色刷りのチケットには、ハッピーラブ・パーティと印字されていた。タイトルは鮮やかなピンクだ。コバが視線を落としたままいった。

「なんだ、これ」

「だからさ、そいつは二週後のお見合いパーティのチケットなんだ。一度船にのってしまえば、四時間の東京湾クルーズのあいだ、男も女も船をおりることはできない。夕方から夜にかけての船上ってロマンチックだろ。うちの会社の酒もはいってるし、退屈ならゲームなんかもある。そこのパーティはいい女が多いのと、うまくくっつく確率が高いので、業界でも有名なんだとさ」

またもコバとヤノッチの声がそろった。

「でかした、ホリブ」

ヤノッチが興奮していう。

「ここはおれとコバでおごるからな。よくおまえ、そんなこと気がついたな」

ホリブは二杯目の中ジョッキを空けてしまった。しみじみという。

「おれも、おまえたちと同じだから。三十を越して、ひとりきりって男はほんとにきついよなあ」

「…………」

誰も返事をする者はいなかった。胸のなかの思いは共通で、三人とも別れたばかりの恋人のことを思いだしながら、春風に転げていくサクラの花びらを見つめていた。

6

最初に気づいたのは、ヤノッチだった。

「おい、あれ」

軽く指さした先には、背の高い女性の姿があった。ガーデンプレイスの広いテラスを滑るように運ぶ脚は、すねの長さが目立っていた。ふわりふわりと揺れる裾に隠れる太もものラインが色っぽい。身体の線にぴたりと吸いつくワンピースはモノトーンのシックな柄で、ウエストの高い位置でリボンがとめてあった。上半身は短い丈の銀の毛皮のコートである。頭にはつば広の帽子がのっている。コバがつぶやいた。

「美紗子先輩……」

ホリブもいった。

「なんだか、ものすごい金もちのものすごい美人のマダムって感じだよな」

遠くから河島美紗子が手を振ってきた。三人はちいさく手を振り返す。美紗子は大学のサークルのひとつうえの先輩だった。サークルのクイーンで、男子学生のあこがれの的である。今は恵比寿でエステティックサロンのオーナーをしているという。

うっとりしていたヤノッチが、真顔に返っていった。

「いいか、美紗子さんには、さっきの船上お見合いパーティの話は絶対に漏らすなよ」

ふたりは手を振りながら、黙ってうなずいた。ホリブがチケットをしまいながらいう。

「おれ、美紗子姫とつきあえるなら、お見合いパーティなんていかなくてもいいや。あの人独身だし、きれいで色っぽいし、いろいろ教えてくれそうだし」

コバがすこし怒ったようである。

「おまえ、贅沢なんだよ。先輩のことを頭のなかで変なふうに想像するな。ホリブはスケベなんだから」

広場をわたって、美紗子がテラス席にやってきた。ウエイターが飛んできて、ほかの客に対するよりもていねいに椅子を引いてくれる。艶然《えんぜん》と笑って礼をいい、スタイルのいい先輩は席についた。

「わたしはグラスのシャンパンをもらおうかな」

ウエイターがいってしまうと、美紗子は三人を順番に見わたした。

「久しぶりだね、みんな元気そう。学生時代とほんとに変わらないね」

ヤノッチは肩まで髪が伸び、ゲームのプログラミングのせいで極度の近視になっていた。コバは頭をさげると髪のなかに地肌の月が明るく浮かんでいる。ホリブは体重が二十キロ近く増えていた。それでも美紗子の言葉は皮肉ではない。誰の顔を見ても、見つかるのは学生時代の面影ばかりなのだ。人間は十年かそこらでは、成長することも、変化することもさしてないのかもしれない。

ヤノッチが目をそらしていった。

「いや、元からきれいだったけど、美紗子先輩はまえよりもっときれいになりました。ここにいる四人のなかで、一番変わったのは先輩かもしれないな」

コバとホリブは水のみ人形のように首を縦に振っている。ふふふとふくみ笑いをして、美紗子がいった。

「女はごまかすのがうまいの。わたしの仕事は、女性の表面をきれいにすることだしね。そんなことより、三人ともこの春はたいへんだったんだってね。堀部くんからきいたよ」

コバはちらりとホリブを見た。営業マンはしらん顔をして、そっぽをむいている。

「みんなの話、もう一度きかせてくれないかしら。わたしが相談にのってもいいし。こう見えても、わたしはお店にくる若い女の子の恋愛相談をたくさん受けてるんだ。どうかな、まず小林くんから」

最初に指名を受けたコバは張り切ってしまった。プロポーズしようと思った当日に、あなたには向上心がないといって去っていった水橋晶子の話を、これでもかという細部まで話した。前回にはきいたことのない内容も多く、ヤノッチとホリブは腹を抱えて笑った。

続いてホリブである。こちらの彼女は同じ年で、会社を辞めてアロマテラピーの学校にいく、すべてをリセットしたいという浅井《あさい》ミリアだ。美紗子はしっかりとうなずいてきいていた。ヤノッチはミリアの意志の強そうな顔を思いだした。あの子なら一度いいだしたら絶対に引かないだろう。

最後にヤノッチは、電話一本で別れを告げられたコスプレおたくのガールフレンドの話をした。池内里恵は台湾旅行で、むこうの大学院生と恋に落ちたという。最後のふた月近くは仕事がいそがしすぎて、まったく相手をしてやれなかったのだから、しかたないかもしれない。

薄曇の空のした、三人の恋の虐殺事件の顚末《てんまつ》はこうして語られた。要した時間はあわせて十五分ほどである。どんなに傷つこうが、恋なんて思い出になれば、みな五分ほどの物語だな。失恋してから三キロ体重の減ったヤノッチは、長髪をかきあげながら、そうプレイボーイのように考えていた。

美紗子は感慨深げにいった。

「たいへんだったね。みんな、恋愛では苦労しているのね」

すかさずホリブが突っこんだ。

「美紗子さんはどうなんですか。今、彼はいないって、このまえいってたでしょう」

にっと意識して笑いをつくり、エステの若き女性オーナーはいう。

「わたしは現在のところ、仕事ひと筋。もっとうちのお店をちゃんと育てたいし、恋のほうはちょっとお休みでいいかな」

「もったいないなあ」

口のなかでいったのは、信用金庫の顧客係である。美紗子は無視していう。

「それよりも、みんな、なぜ自分が振られたのか、わかっていないみたいね」

ヤノッチが驚いていった。

「今の話だけで、スイングアウトの理由がわかるんですか」

うなずいて美紗子は届けられたシャンパンをのんだ。こんなに繊細なフルートグラスが似あう女性は初めてだと、三人はじっと優雅な仕草に見とれている。

「完璧にではないけれど、だいたいは予想がつくかな。わたしのところにもちこまれる恋愛相談なんかを重ねてみるとね」

「ふーん、そんなもんですか」

男性陣を代表してコバがいった。すかさず美紗子が切り返した。

「じゃあ、小林くん。あなた、最近メンズショップでワークウエア以外の服を買ったことってあるかしら」

ヤノッチとホリブの視線が、顧客係に集中した。仕事で着ているグレイのスーツ、シャツは乾燥が速いだけが取り柄のポリエステルの白。靴はゴム底の安もの合成皮革で、踵《かかと》は丸く磨り減っている。コバの声はちいさい。

「……困ったな。この一年以上ないかも」

美紗子の哀れむような目が、清涼飲料水の営業マンに移った。

「堀部くんは彼女の話、ちゃんときいてあげていた？　どんなふうに今の仕事がつまらなくて、将来はどんなふうに生きてみたいか。夢はなにか。生きがいはどんなことに感じるか。急に会社を辞めて学校にいきだしたっていうけど、彼女はそのまえに悩んでいた時期だって長かったと思うんだ。あなたはそれに気づいていたのかしら」

営業マンは屋外用のデッキチェアでちいさくなった。しばらく黙りこんでから、しぼりだす。

「こっちも疲れていたし、またいつもの話をしてるなとしか思わなかった。ミリアが会社を辞めるときも、三十すぎて辞めるのは損だといっただけだった気がする。不景気なんだ。

世のなかはそんなに甘くないなんて。そういえば、あいつひとりで悩んで、ふさぎこんでいたなあ」

ヤノッチは先に白旗をあげることにした。自分からすすんでいう。

「こっちのほうは理由はわかります。ずっと放っておいて、自分の都合のいいときだけ好きなように利用していた。デートとか、Hとか。考えたらまめに連絡したり、食事だけでもしておけばよかった」

生成《きな》りの帆布の傘のしたで、空気がしだいに重くなっていく。三人は半分空になったジョッキを見つめて黙りこんでしまった。

7

「あのね、わたしはみんなを責めてるわけじゃないんだ」

美紗子がためらうように話し始めた。

「ずっと不思議に思っていたことがある。雑誌なんかで、三十代の未婚率が急上昇しているっていうでしょう。子どもだって、ぜんぜん生まれていない。友人で小学校の先生をしている子がいるんだけど、今はどの学年も三十人くらいのクラスがひとつかふたつなんだって」

「そうかあ」

コバはそうつぶやいてから考えた。自分たちのころはひと学級四十人、それで五、六クラスはあったものだ。学校は子どもであふれていた。子どもの数はほんの二十五年まえにくらべてさえ、三分の一になっている。

「それでね、今は誰もが恋愛をしにくくなっているんじゃないかなって、思ったの。ほら、わたしの仕事って、女性を美しくすることでしょう。毎日、お客さまに接して、話をしているんだけど、もうみんな十分以上にきれいなのよ。でも、恋愛はできないし、それで幸福になるわけでもない。なにか、わたしたちの気づいていないどこかが、恐ろしいくらい間違っているんじゃないかな、ずっとそう思っていた」

美紗子は真剣だった。美しい人が真剣になると、非常な力を発揮するものだ。スイングアウト・ブラザースは、心を奪われ完全に沈黙してしまう。

「これ以上、どんなに女の人がきれいになっても、この状態は変わらないんじゃないか。問題はがんばっている女性たちにではなく、男性の側にあるんじゃないか」

美紗子は悲しい顔で、三人を順番に見た。怒ってもいないし、責めているわけでもないのに、その目で見つめられるとなぜか男たちは身を縮めてしまう。

「現在、恋愛や結婚にむかう力が、こんなに弱くなっているのは、みんな男性の問題なんじゃないかしら。だからね、わたしは新しいビジネスを考えてみたんだ」

ビジネス？　三人の振られ男の顔色が変わった。なぜ、男たちが振られることが商売になるのだろうか。

「女の人をきれいにするだけでなく、男の人にもきれいになってもらう。でも、ただのメンズエステじゃつまらない。外見だけでなく、中身もきちんと磨いていく。知性と教養に、女性への接しかた、異性に対するすべてをもう一度学び直して、男性問題全般を解決するサロンのようなものがつくれないかな。そうひらめいたの。ちょっときいてみてもいい」

美紗子はいたずらっ子のような笑みを浮かべた。

「ここにいる三人で、この一年以内に美術館か博物館にいったことのある人？」

昼さがりのテーブルはしんと静まってしまう。

「じゃあ、つぎはお芝居か、クラシックのコンサートにいった人？」

またも反応はゼロだった。不安げな視線が男たちのあいだで、いききするだけである。

「やっぱりね、男性の生きかたを根本から変えて、恋愛を可能にするような学校が求められているのよ。そうしたら、ただお金を儲けられるだけでなく、きちんとこの国の未来に貢献できるしね。今ね、プロのお友達を集めて、動いているの。ほんとうの意味でのメンズサロンをつくろうって」

なんだか壮大な夢のようだった。きっとこの女性はなみ外れて優秀なのだろう。すくなくとも、ミニスカートから伸びる若い女の足に目が釘づけになってしまう自分たちよりは。

ヤノッチがうなずいていった。

「美紗子先輩のいいたいことはよくわかりますよ。でも、それとおれたち三人になんの関係があるんですか」

エステのオーナーはじっとヤノッチの顔を見てからいう。

「あなたがた三人が、そのサロンの第一期の特待生になってくれないかしら」

「おれらが……」

残るふたりの声がそろった。意外な展開である。

「もちろん、授業料はいらない。でも、きちんとうちのお店でフェイシャルやボディのエステをしたうえで、女心と女性が好きなカルチャーを学ぶレッスンは受けてもらう。今、三人とも恋人はいないんでしょう。だとしたら、うちのサロンでどのくらい効果があるか、実体験で計れると思うの。どうかしら、生徒になってみない。うちの講師は一流ぞろいよ」

小首をかしげて、美紗子は唇の端でにっと笑った。

「もちろん、特別講師はわたしがやります」

ホリブが肉づきのいい身体を揺すっていった。

「そのサロンでがんばれば、ほんとにもてるようになるのかなあ」

オーナーは説得力のある言葉のつかいかたをしっているようだった。

「一〇〇パーセントとはいわないけれど、きっともてるようになると思う。もともと女性はそれほど男性の外見は気にしないもの」

コバが頭に手をやっていう。

「頭が薄くてもだいじょうぶなんですか。美紗子さんのサロンは育毛とか養毛とかやってくれるのかな」

美紗子はすこし困った顔をした。

「うちではそういうのはやっていないんだけど、お友達にきいてみるね。矢野くんは、どうかしら」

ヤノッチの頭のなかでは、さまざまな考えが渦巻いていた。果たしてサロンで学んだくらいで、自分たちスイングアウト・ブラザースが急にもてるようになるものだろうか。また、女性にもてるというのは、いったいどういう状態なのか。テレビで見るキラキラしたアイドルくらいしかモデルが浮かばない。だが、サロンに参加すれば、美紗子といっしょにいる時間も長くなるのだ。それに最近のエステティシャンは美人ぞろいだと、別れた里恵からきいたことがある。ラッキーな出会いがあるかもしれない。

「わかりました。おれもお世話になることにします。おまえらもいいよな」

ホリブとコバがうなずいた。

「じゃあ、決まりね」

美紗子が明るい声をだした。ウエイターを呼ぶ。

「お祝いのシャンパンで、乾杯しましょう。わたし、ほんとうはそんなことうまくいくはずがない、バカにするなって怒られるかと思ってたの。でも、みんながよろこんでくれて、ほんとうによかった」

届けられたシャンパンはロゼだった。バラ色に霞むグラスをあわせて、四人は乾杯した。ここからなにかが始まっていくのだろうか。三人の男たちは、それぞれ胸のなかで考えていた。ホリブが親指を立ててサインを送ってくる。そういえば二週間後には豪華クルーザーにのって、東京湾でお見合いパーティをするのだ。寒々としていた春先が、一転して急に暖かになったようだった。ホリブが能天気に叫んでいた。

「じゃあ、おれたち第一期特待生と美人の特別講師に、もう一度乾杯!」

嵐から始まった三十三回目の春はどう深まっていくのだろう。ヤノッチはちょっと怖いような、たのしみなような気もちで、大学時代からの親友を見つめていた。

8

翌週の木曜日、三人はなんとか時間をやりくりして夜八時に恵比寿駅に集合した。目的のエステティック店「サロン・ド・アクア」までは、歩いて七、八分の距離である。

春の夜だった。駅からガーデンプレイスにむかう女性たちは、華やかなファッションでこれから始まるおたのしみにそなえている。ヤノッチがコバのスーツの襟に手を伸ばした。生地を確かめていう。

「なんだ、おまえ、いつもの安ものじゃないんだな」

チャコールグレイのスーツはしっかりとした仕立てのようだった。信用金庫の顧客係は、大学時代から腐れ縁の友人の手を払った。

「一張羅《いっちょうら》なんだから、さわらないでくれ。十万以上するんだぞ」

「どうせ、バーゲンで買ったんだろ」

清涼飲料水メーカーの営業、ホリブが太った声で混ぜ返した。コバは薄くなった頭に手をやって照れている。

「美紗子さんの店にいくからって、おしゃれなんかしやがって」

そういうヤノッチもいつもの派手な革ブルゾンではなかった。ベージュのスエードジャケットで決めている。ホリブを見た。体重が三桁にぎりぎりで届かない営業マンは、身体が細く見えるという紺と白のストライプのボタンダウンシャツだ。ヤノッチはしみじみといった。

「なんだか、おれたち痛いなあ」

全員いっぺんにガールフレンドに振られた三人はおたがいの顔を見かわした。思わず苦笑が漏れてしまう。ホリブがネクタイを直していった。

「まあ、いいや、今日は美紗子先輩に会えるから。いこうぜ」

冴えない三人はたくさんのカップルに交ざり、駅からガーデンプレイスにむかう流れにのった。


サロンは静かな住宅地のなかに建つマンションの一階にあった。全体に粗い仕上げの大理石が張られたひどく高級な造りである。アプローチには同じ大理石でつくられた噴水が透明な水の柱を噴きあげている。水のなかにライトが仕こまれているのだろう。水面がきらきらと光って揺れている。

「なんだか、すごいところにきちゃったなあ」

コバが乳白色のガラス扉をのぞきこみながらいった。取っ手は黄金の羽の形だ。

「ほんとに……えらくはいりにくいぞ、この店」

ヤノッチが勇気をだして、ドアに手をかけようとした。すると内側からゆっくりと重いガラス扉が開いた。

「美紗子先輩」

三人の声がそろった。河島美紗子は全身ワントーンのスーツだった。複雑な織柄のショートジャケットとひざ丈のタイトスカートの組みあわせである。よくわからないが、これがシャネルスーツというのだろうか。ヤノッチは見とれながら、ぼんやりとそう思った。すっきり伸びる首筋には、粒のそろった真珠のネックレスがゆったりとかかっている。

「なんだか、迷っていたみたいね。このお店はあのカウンターのなかに外を映すモニターが隠してあるの」

大学のひとつうえだから、美紗子は三十代なかばのはずだった。年齢も容姿の衰えもまったく感じさせない笑顔である。三人はそれだけで、こちこちになってしまった。ぎくしゃくとした足どりでロビーにはいる。

「うちのエステティシャンを紹介します。はい、みなさん、自己紹介して」

おおきな葉を放射状に茂らせる観葉植物の鉢植えのまえに、三人の女性がならんだ。両脇のふたりはピンクのスカートの看護師のような制服を着ている。中央のショートカットの女性だけ、同じピンクでもパンツスタイルだった。年齢もほかのふたりよりも高く、三十代に届いているのではないだろうか。

「両端のふたりが大石奈央《おおいしなお》さんと山下美由紀《やましたみゆき》さん、まんなかの彼女がシニアエステティシャンの木原暁子《きはらあきこ》さん」

よろしくお願いしますといって、三人の制服の女性は頭をさげた。それだけでホリブなどは顔をだらしなく崩して笑っている。中央に手を組んで立つシニアエステティシャンだけが、険しい表情をしていた。この人が一段偉いのだろう。ヤノッチは目をあわせずに観察していた。

「それで、こちらがうちの新規開拓事業、男性問題解消コースの第一期特待生のお三かたです。わたしの大学の後輩でもあるの。矢野巧さんと小林紀夫さんと堀部俊一さん」

三人は順番に頭をさげた。美紗子は華やかに笑っていう。

「暁子さんはフェイシャルのマッサージでは、うちのサロンどころかこの業界でも一、二を争う凄腕なの。お客さまのなかにはゴッドハンドと呼ぶかたもいらっしゃいます。今日はわたしがちょっといそがしいから、まずフェイシャルのほうからやってもらいます。じやあ、暁子さん、お願いね」

「あの、美紗子先輩……」

ヤノッチが追いかけるように声をかけたが、女性オーナーはさっさと廊下の奥に消えてしまう。暁子が冷たい声でいった。

「では、こちらにどうぞ。まず、着替えていただきます」

三人はしかたなく、なんだかいいにおいのするエステティックサロンを案内されていった。

9

ロッカールームにはカーテンのさがる更衣室がみっつならんでいた。白いカーテンのなかにはいって、上半身だけそなえつけのガウンに着替えるのだ。フェイシャルのエステとはいえ、首筋や肩のあたりまで施術は広範囲にわたる。コバがカーテン越しにいった。

「なあ、ランニングシャツも脱いだほうがいいのかな。おれ、素肌にシャツ着ると、すぐお腹壊すんだけど」

ホリブは声まで汗ばんでいるようだった。

「当然だろ、コバはあんな暑苦しいもの着てるのか。ここのエアコン、ちょっと強すぎるよな」

女性客にあわせているせいか、確かに設定温度が高いようだった。ヤノッチは上半身裸になった自分の姿を更衣室の鏡に映していた。ゲームメーカーで終日プログラムをぱちぱちとやって、あとは会議漬けなのだ。肩や腕にほとんど筋肉はなく、胸板も薄い。セクシーさからはほど遠い身体だった。つぶやくようにいった。

「おれたちみたいなのが、ちょっとエステをやったくらいでもてるようになるのかな。なんだか想像できないよ」

店のガウンはエステティシャンと同じ生地だった。腰ひもを締めると、自分の上着をさげたハンガーをもって外にでる。三人はピンクのガウン姿を見て、おたがいに指をさして笑った。ロッカーはデジタル錠つきで、暗証番号を自分で決められるようになっている。ロッカールームの外から声がかかった。

「よろしいでしょうか。お着替えが終わられたら、こちらへどうぞ」

若いエステティシャンについて、ヒーリングミュージックの流れる廊下をすすんだ。とおされたのは、病院の診察室のような部屋である。なんにつかうのか用途が想像できない機械が部屋の一角にずらりとならんでいる。

シニアエステティシャンが、にこりともせずにいった。

「まずお肌の健康診断から始めます。どなたからいきましょうか」

三人は顔を見あわせた。肌の健康状態など、生まれてから一度も考えたことがなかった。

ヤノッチが軽く右手をあげた。

「じゃあ、ぼくが」

暁子は薄く笑った。歯医者にあるような寝椅子に座らされる。

「失礼します」

いきなり女の手が頬を滑った。とても奇妙な感覚だ。やわらかで冷たい指が、額をさわり、目のまわりを確かめ、あごのしたや鼻の両脇をやさしくすぎていく。女性からこんなふうに顔をさわられたことのないヤノッチは、心のなかでびっくりしていた。

(気もちいいなあ、なんだ、これ)

「これまで、お肌の病気になったことはありませんか」

いつのまにか暁子はクリップボードをかまえていた。右手にはボールペンが見える。

「軽いアトピーとか、十代のころにあったけど、それからはなにも」

さらさらとなにか書きこみながら、暁子は目をあげずにいった。クールだが、なかなかの美人である。

「なにかお薬をのんでいるとか？」

ほんとうに病院のようだった。エステなど顔にクリームでも塗ってなでまわしているだけだと思っていたのに。

「ありません」

「なにかお顔に塗っている化粧品とかありますか」

「ありません。風呂あがりにベビーローションを塗るくらいかなあ」

ちらりと笑顔を見せて、暁子がカルテにペンを走らせた。

「では、毛穴の様子を見てみましょう」

ちいさなＣＣＤカメラのはいった試験管のようなものを頬に押しあてる。補助のエステティシャンがヤノッチに見えるようにモニターを動かしてくれた。黒々とした柱のまわりがかさかさに乾いてフケのようになっていた。ヒゲを数十倍に拡大して、映写しているようだ。鼻、頬、あご、額と顔のあちこちをチェックしていく。暁子は気になる映像があると、ぱちぱちとキーボードを操作した。するとモニターのしたにあいた口から、カラーのプリントアウトがゆっくりとでてくる。

「巧さんは敏感肌ですね。ちょっと強い石鹼で顔を洗いすぎているので、あちこちでお肌が乾燥状態になっています。今日は毛穴の汚れを落として、老化した角質を徹底的に洗浄してしまいましょう。石鹸はボディソープですか」

いきなり姓ではなく名を呼ばれて、胸がどきりとした。この店のルールなのだろう。

「……ええ」

ヤノッチは面倒なので身体を洗ったボディソープで、そのまま洗顔していたのである。

「では、低刺激で脂質を洗い落としすぎないフェイシャル用の石鹸をおだししておきますので、明日からはそれで洗顔してください」

「……はい」

なんだかすっかりサロンのペースだった。暁子はアシスタントにいった。

「奈央さん、巧さんに頭皮マッサージとリラクゼーションをお願いします」

「失礼します」

若いエステティシャンがヤノッチの頭のうしろに立った。寝椅子からだと見あげる格好になる。奈央の胸は控えめにいってもおおきかった。ブラジャーのカップの形のせいだろうか。垂直に飛びだして、顔がよく見えないくらいだ。

奈央の指はゴッドハンドよりも、太くやわらかかった。頭のてっぺんから、こめかみ、耳のうしろと頭皮全体を指の腹で、ほぐすようにしていく。だが、なにかが暁子とは違うのだ。それなりに気もちはいいのだが、これはなんだろうというほどの驚きはなかった。

時間にしたら数分である。だが、ヤノッチはしだいに眠くなってしまった。ガールフレンドとのセックスのときでさえ、これほどリラックスして全身を投げだしているときはなかったかもしれない。

「気もちがいいようでしたら、お眠りになってもかまいませんよ」

暁子の冷たい声が心地よかった。

「すこしやかましくなりますが、申しわけありません」

とたんにモーターのうなる音が部屋のなかに響いた。ヤノッチは顔をあげた。横のベンチでは、あっけにとられてコバとホリブがこちらを見つめている。暁子が手にした器具を顔に近づけてくる。歯科医が使用する切削ドリルに似た機械だった。

「あの……その道具なんなんですか」

暁子はマスクとゴム手袋をしている。くぐもった声が返ってきた。

「ご心配なく。痛みはほとんどありません。超音波と水だけをつかったピーリングですから」

「ちょっと……」

そういいかけたところで、暁子が金属のノズルの先端をヤノッチの頬にあてた。カミソリのように薄くしぼられた水が勢いよく肌にあたる。

「おー、すげえ」

場外の観客から声があがった。水といっしょに肌についた不純物や皮脂が飛び散っていったのである。水の刃で顔に鉋《かんな》をかけているようだった。確かに痛みはないが、皮膚の一番うえの層がめくられていくような感覚がある。

(これはほんとにすごいなあ)

まな板のうえにのったヤノッチは覚悟を決めて、顔から古い老廃物を跳ね飛ばしていった。


三人が肌の診断と超音波のピーリングを終了するまでに、小一時間ほどかかった。シニアエステティシャンから、ヤノッチは敏感肌、コバは乾燥肌、ホリブは脂性肌という簡単な診断がくだった。フェイシャルエステは、肌の違いによってそれぞれ別な施術になるのだという。ホリブがふざけていった。

「おれだけ二重あご解消の特別ケアつきかよ」

「おまえのあごは二重どころか三重、四重だろ。そう簡単に脂肪の首輪がとれるとは思えないけどな」

ヤノッチが混ぜ返すと、若いエステティシャンがくすりと笑った。上司の暁子は席をはずしている。これはチャンスだと思った。先ほど頭皮マッサージをしてくれた奈央は、グラマーなだけでなく顔も好みである。

「顔をさわられるのが、こんなに気もちいいものだとは思わなかったです。これなら女性がたくさんくるのがよくわかるなあ」

「男性でもやはり心地いいですか」

ヤノッチは長髪をかきあげ、なるべく爽《さわ》やかな笑顔を見せた。普段は女性客ばかりなので、サロンの女の子も若い男との会話がたのしいようだ。

「もちろんですよ。若い女の子に顔をさわられたの初めてだから」

奈央もまんざらではない笑顔に見えた。

「恋人同士はフェイシャルのマッサージなんてしないですよね。巧さんの彼女はしあわせですね」

あわてて振られたばかりで今はフリーだといおうとした。開いたままの扉を抜けて、暁子がもどってくる。奈央は普通の女の子から接客用の微笑を浮かべたエステティシャンにもどってしまった。やわらかな指先はしっかりとまえに組まれている。暁子がその場の全員にむかっていった。

「では、本格的なマッサージを始めます。ご用意ください」

三人は寝椅子に身体を横たえた。仕切りのカーテンが引き直される。ヤノッチはぼんやり考えていた。セックスのとき、男はいつもなにかを女性にしなければいけないと思いこんでいる。こんなふうにリラックスして横になり、なにかをされるのを待つのもいいものだ。それは三十三年間生きてきて初めてのフレッシュな経験だった。

ゴッドハンドと呼ばれる木原暁子の手はすごいものだった。

奈央の話によると、デビューまえのタレントが顔を引き締めるために、お忍びでやってくることがあるという。暁子はひと月足らずで、ふたまわりも小顔にしてしまうのだそうだ。薄目を開けて見ると、暁子は真剣な顔つきでマッサージをしている。ピアニストのように十本の指を自在につかうのだ。顔にはこれほどの神経がとおっていたのだという新鮮な驚きにヤノッチは打たれていた。だいたいの男は自分の顔など、きちんと鏡で見たことさえないものだ。

暁子のマッサージは三人に順番におこなわれた。ひとりあたり十五分から二十分くらいだろうか。暁子の時間が終わると若いエステティシャンに代わるのだが、やはり技術の差は若さや容貌だけでは埋まらなかった。指名ナンバーワンというのは、どんな世界でもたいしたものだ。

フェイシャルの最後は肩と首のマッサージだった。こちらは指圧や整体に近いので、痛みはあるけれどやはりとても気もちがいい。ぐったりと疲れて、寝椅子のうえでピンクのガウン一枚で横たわる。ヤノッチはもう目を開けるのさえ面倒だった。このまま家のベッドに運んでくれないものだろうか。奈央が頭上でいった。

「おしまいに紫外線と肌ストレスに効くダメージケアのクリームをお塗りします」

寒天のようなぷるぷるした質感のクリームが顔に伸ばされていった。

「お疲れさまでした。以上で終了です」

ヤノッチは気がすすまなかったが、のろのろと身体を起こした。ガウンのまえをあわせる。カーテン越しにホリブの太った声がきこえる。

「あー、気もちよかった。そっちはどうだ」

カーテンが開けられると、コバが自分の顔をさわっていった。

「なんだか、赤ちゃんのほっぺみたいだな」

若いエステティシャンはくすりと笑ったが、なにもいわなかった。

10

着替えをすませた三人は会議室のような部屋にとおされた。ホワイトボードはおいてあるが、会社のように殺風景な造りではなかった。椅子もクッションのきいた贅沢なものだ。各自のまえには薄い色のお茶がでていた。ホリブがにおいをかいでいった。

「なんだ、これ」

ヤノッチはこの手の流行には仕事がら詳しい。

「ハーブティだろ。このにおいはなんだろうな、ラベンダーっぽいけど」

コバは信用金庫で働いている。さすがに金には細かかった。

「おれ、だんだん不安になってきたよ。まだ一円も払ってないだろ。それなのにあのピーリングとか、肌の診断とか、ゴッドハンドのマッサージとか。あとでものすごい請求書とかくるんじゃないかな」

ホリブがハーブティをすすっていった。

「お、こいつ、なかなかうまい。味しないけど。おれも金のことはちょっと気になるな」

ヤノッチが冷静にいった。

「これだけちゃんとした店をだしてるんだ。ぼったくりみたいな真似はしないだろう。美紗子先輩がオーナーなんだし」

こつこつとノックの音が響いた。三人は投げだしていた足をもどし、背を伸ばした。

「失礼します」

言葉とともにはいってきたのは、サロン・ド・アクアのオーナー・河島美紗子である。ホリブはゆるやかに縦ロールで巻かれた髪を見ただけで、ぼーっと目を空《うつ》ろにした。美紗子は軽く笑っていった。

「今日の感想はいかがでしたか、みなさん」

「最高です」

なにも考えずに口にしたのは、ホリブである。

「おれなんか、パックで顔がひとまわり縮んだ感じがするもの。一回だけでも効果あるもんなんですね」

ヤノッチが苦々しくいった。

「おまえの場合は贅肉が多いから、簡単に削れるんだよ」

左右ふたりを見てから、ヤノッチは切りだした。

「あの、まだ料金のことをきいてなかったんですけど、今日はこんなにいろいろしてもらって、いったいいくらぐらいになるんですか」

美紗子は華やかに笑って、手を振った。

「そんなこと心配してたの、今日は初日だからタダなの。お金はいらないのよ」

「えっ、ほんとうですか」

真っ先に反応したのは信用金庫の顧客係だった。コバは信じられないという顔をした。

「でも、何人もエステティシャンがついて、あんな超音波の機械なんかもつかって、それでも無料なんですか」

辛抱強く美紗子は笑顔を維持していた。

「エステはどこも体験コースがあるから、最初は無料かごく安いお試し料金なの。気にいったら、チケットを買ってもらうことになるけど」

なるほど、そのチケットがきっと高額なのだ。ヤノッチは納得していた。だが、ここに毎週のようにこられるなら、それなりの出費も高くはないかもしれない。

「チケット代って、普通いくらくらいするものなんですか」

美紗子は肩をすくめた。外国人のような仕草だが、美人がやるとなんでも似あってしまうように見えるから不思議だ。

「うちの場合は、三十万円とか五十万円のコースが多いかしら。このあたりに住んでる人はお金もちが多いから」

コバががっくりと肩を落とした。さすがにちょっと高いようだ。ヤノッチは逆に、そのくらいならいいと思っていた。どうせ週末に会うガールフレンドもいないのだ。里恵に振られてから、なぜか財布のなかにいつも金が残ってしまうのである。美紗子は真剣な顔になっていった。

「でも、今回の男性エステコースは、初めての実験的なものだし、みんなは第一回の特待生だし、それにわたしのかわいい後輩だしね。とりあえず十万円のチケットを買ってもらって、それで最後まで面倒見ることにします。期間はまだはっきりカリキュラムを組んでいないけど、一年間。それできちんと魅力的な男性にならなくちゃダメよ。うちとしたら、大赤字なんだから」

ホリブが右手をあげていった。

「それなら、おれすぐにでも銀行いってきますよ」

ヤノッチもうなずいた。確かにこれだけの対応で、一年間もサロンをつかい放題ならとても儲かるものではなかった。コバはそれでも頭のなかで計算をしているようだ。何回きたら一回あたりいくらになるか。古くからの友人なので、こんなときは考えていることが手にとるようにわかる。ようやくいった。

「ぼくも申しこませてもらいます」

うなずいて、美紗子がいう。

「どうだったかな、うちのフェイシャルは」

男たちは口々に最高だった、気もちよかったと感想を述べた。ひとことおりきいてから、美紗子はうなずき、ホワイトボードのまえに立った。マーカーを走らせる。

●フェイシャルおよびボディのエステ
●カルチャー&インテリジェンス
●デートのためのファッション入門
●女性への対応、女性心理の基礎と心の読みかた

なんだか、どこかの大学の講座のようだった。美紗子はマーカーのキャップを力強く閉じていった。

「もちろん顔の肌がつるつるになっただけで、大人の男性が女性からもてるようになるとは思いません。うちのサロンではこのよっつのポイントを徹底的に磨いて、みなさんにより魅力的な男性になっていただくつもりです。それぞれに専門の講師をつけていますか

ら」

エステはこのサロンならお手のものだろうが、あとのみっつの分野はどうするのだろうか。ヤノッチは手をあげていった。

「あの、文化と教養って誰が教えてくれるんですか」

美人オーナーは素早く笑った。すぐにまじめな表情にもどる。

「わたしのお友達で、女子大の講師で、美術と文学を教えている人がいるの。ファッション入門は、やはりお友達で腕のいいスタイリストに頼んである。みなさんにあうワードローブを選んでくれるはずよ。ふたりとも三十代だけど、美人だから期待していてね」

美紗子は自信満々に腕を組んでいた。ホリブがのんびりと質問した。

「最後の女性心理の基礎って、誰が先生なんですか」

シャネルスーツの胸に手をあてて、美紗子がいった。

「お気に召さないかもしれないけど、このわたしがお相手します。それで、いいかしら」

三人のスイングアウト・ブラザースの拍手がエステサロンの会議室に響いた。

11

「おー、すごい豪華客船だな」

信用金庫に勤めるコバが、岸壁から純白の船を見あげていた。この日のために新調したベージュの綿ジャケットを着ている。そこはJR浜松町駅からほど近い日の出埠頭《ふとう》だった。まもなく夕方である。東京湾のうえの空は、かすかにばら色をおびて青い。ホリブが胸をたたくと、脂肪の塊がボタンダウンシャツのしたで波のように揺れた。

「この船の名はパシフィック・コンチェルト号。全長九十二メートルで、総排水量は三千トン。二千五百馬力のディーゼルエンジンが二基ついてる。デッキは五層に分かれてるんだってさ」

ヤノッチが皮肉にいった。

「なにもおまえのところの会社のもちものじゃないだろ。ただこの客船に飲みものを卸《おろ》してるってだけの話じゃないか」

「まあ、それはそうだけどな」

清涼飲料水メーカーの営業マンは自信たっぷりだった。シャツの胸ポケットから、チケットを三枚とりだした。潮風のなか、ひらひらとなびかせる。

「やめとけよ、ヤノッチ。今日のパーティはホリブが手配してくれたんだから。ケチつけることないだろ。大人気のお見合いパーティがタダなんだぞ」

ホリブはうなずくと大学を卒業して十年以上も続く遊び仲間に、ゴールデンチケットを配った。ヤノッチはうけとると、プリントアウトに目をとおした。

「なになに、三十代セレブ男性&大卒以上の会……。なんだ、これ、おれたちのどこがセレブなんだよ」

コバも顔を暗くした。

「大学だって、別に一流じゃなくて、そこそこだしなあ」

三人の卒業した大学は、校風がのんびりしているのだけが有名なお坊ちゃん私大である。成績がぱっとしなかったのは、就職先を見てもはっきりしていた。信用金庫と中堅の清涼飲料水メーカーと、たまたま成長したけれど入社当時は箸にも棒にもかからなかったゲーム制作会社である。ホリブがどうでもいいという調子でいった。

「おれもよくわからないけど、担当者にきいたら、この種のパーティが二番目に人気があるんだってさ。一番人気のやつは、おれたちはお呼びじゃないから」

ヤノッチがうんざりした顔でいった。

「なんだか、きかなくてもそのパーティの中身は予想がつくな」

コバがこたえた。

「おれにもわかるよ。医者&弁護士の会っていうんだろ。女って、資格と小金もってるやつに弱いからなあ」

にっと笑って、ホリブがいった。

「惜しい。医者、弁護士&パイロットの会っていうんだとさ。この会社の一番人気はライバルを抑えてダントツのトップらしいよ」

「……パイロットかあ」

ヤノッチとコバのため息がそろった。ホリブが自分の頬をさわっていった。

「まあ、金も資格もなくたっていいじゃないか。おれたちにはこの肌がある。美紗子さんのエステのフェイシャルきいたよな」

コバも自分の顔をうれしそうになでた。

「そうそう、あの超音波ピーリングってやつね。おれ、最近朝起きて鏡見るのがたのしみなんだ。なんだか、顔に大学生のころの張りがもどったみたいで」

ヤノッチはひとり冷静だった。

「男の肌なんて、女は見てないだろ。ほんもののセレブとか、金もちにかなうはずないよ」

「おまえはいつも人のやる気に水をさすようなことばかりいうな。あんまりネガティブだと女の子も引くぞ。さあ、いこうぜ」

白く塗られた鋼板《こうはん》のタラップが、船に延びていた。三千トンもある船でも潮のうねりに影響されているのだろう、足をかけるとかすかにタラップが揺れている。ホリブが子どものように叫んだ。

「おー、おれたち船にのってるんだな。こんなの子どものとき以来だ」

彼女のいない三人は意気揚々とお見合いパーティの会場になった豪華客船にのりこんだ。

12

船のなかはどこもスチールでできていた。手すり、階段、天井に床。目にはいるもののほとんどは、厚く白いペンキを塗られた鋼板である。あちこちに立つ看板の矢印に従って三人が到着したのは、うえから二層目にある広大な宴会場だった。楕円形の部屋をぐるりととりまくように、頑丈そうな窓が切られている。そこに夕焼けの空が映っていた。壁際にはピンクの座面の猫足の椅子がならび、床には一段濃いピンクのカーペットが敷きこまれている。中央が広く空けられているのは、立食のビュッフェスタイルのパーティだからだろう。

「なんだか、おれたちにはちょっと立派すぎるな」

コバが不安になったときの癖で、薄くなった頭をなでていた。会場にはちらほらと参加者の姿が見えた。女たちはみな結婚式の二次会にでも出席するような派手なドレスを着ていた。男は逆に高価そうなダークスーツが多かった。カジュアルな格好の三人は、それだけですこし浮いてしまっている。

「まだ受付をおすませではないかたは、こちらへどうぞ」

髪をひっつめにした係員に声をかけられた。三人はのそのそと受付のテーブルにむかう。ここにもピンクの布がおおげさにかけられていた。チケットを確認すると、係員が数枚の紙片とバッジを三人に順番に手わたした。バッジには番号だけしかはいっていない。ヤノッチ、ホリブ、コバはそれぞれ七十一番、七十二番、七十三番である。

「バッジは胸におつけください。それから、プロフィール用紙は書けるところまででいいですから、お書きになって、またこちらへおもどしください。のちほど、パソコンによる相性診断に使用させていただきます」

ホリブが感心していった。

「へえ、そんなのやるんだ。じゃあ、なるべく正直に書かなきゃいけないな」

なかなか美人の係員は微笑してうなずくだけだった。受付でボールペンを借りた三人は、空きテーブルで中腰になってプロフィールを記入していった。

「えーっと、姓名に生年月日に出身地。続柄かあ……これって長男次男とかそういうやつだよね」

コバがのんびりといった。ヤノッチはさらさらと書きこんでいた手を休めた。

「続柄はいいけど、このあとがきついなあ。勤務先と勤続年数、それに年収だってさ」

ヤノッチが見つめる先には年収の細かな区分がある。年収四百万円以下、六百万円以下、八百万円以下、一千万円以下。ここで刻みは急におおきくなって、つぎは年収一千五百万円以下、二千万円以下、そして最後はひとつだけで二千万円以上だった。

「まいったなあ……」

ホリブは太った声でそういったが、ほぼ同時に手を動かしていた。

「おまえたちだって、同じだろ」

うえから二番目の六百万円以下にマルをつける。

「なんだか、こんな豪華客船にのってる場合じゃないって気がしてきたけど」

コバが同じ数字にマルをつけた。ヤノッチもしぶしぶマルをつけた。

「おれ、一昨年このパーティにくればよかった。うちのチームでつくったゲームが中ヒットしてボーナスがけっこうでたんだ。あの年なら、三番目にマルをつけられたのにな」

プロフィール用紙には、持ち家か、賃貸かの項目もある。集合住宅、一軒家、親との同居etc。

「おれ、別に住宅ローンを組みたいわけじゃないんだけどな」

ついヤノッチはぼやいてしまった。そのときホリブが奇妙な声をあげた。

「うほほ、きたきた。つぎは女性に求める条件だってさ。最初は性格、つぎは顔、三番目がスタイル。これ、全部マルじゃあいけないのかな」

ヤノッチはさらにしたの行を読んでいった。仕事をもつか、もたないか。さらに働いているなら正社員か、否か。こちらにもしっかりと年収の区分があった。つきあう女性にどのくらいの収入を求めるかなど考えたこともない。コバも同じ部分に目をとおしていった。

「ヤノッチのいうとおりだな。お見合いパーティって、住宅ローンの申しこみと変わんないよ。みんなえらく真剣だ。これはあんまりふざけてもいられないかもしれない」

「まったくだ。お見合いパーティというより、結婚相手をここで必ずゲットしようとまじめに考えてるみたいだな」

ヤノッチの言葉はまったくホリブには届いていないようだった。

「そのほか女性への要望かあ。ここは自由に書いていい欄だな。なんにしようかな」

あきれてヤノッチがいった。

「そんなの最初からわかってるだろ」

そうそうとコバ。

「ホリブは自分が太ってるから、できるだけ細い子が好みじゃないか。細くてもグラマーで、身長が高くて、健康的な子」

大学時代からホリブのつきあった女性に、ふたりともすべて会っていた。腐れ縁もこう長くなると、自分の趣味を隠すのも困難である。ヤノッチが続けた。

「胸はDカップっていうのが、ホリブのこだわりだもんな」

コバが不思議そうにいった。

「でもさ、Dがなんでいいのか。それがいまだに納得いかないんだよね。巨乳好きなら別にEでもFでもいいじゃないと思うけど」

ホリブがプロフィール用紙から顔をあげて、自分の胸をたたいてみせた。

「ほら、この揺れかたを見てくれ。おおきければいいというのは、男どもの勘違いなんだ。この世界には万有引力ってもんがあるだろ。女の胸って、おおきければおおきいほど垂れるのさ。これはニュートンが発見した真実だ」

ヤノッチがちいさな声でいった。

「おまえはおっぱいとくいもののときだけ、まともに話すのな」

ホリブはとまらなかった。相当、胸にはこだわりがあるようだ。

「だから、おおきさと形と重力のみっつのバランスが最高にとれるのが、Dカップなんだよ。おれ、レンタルビデオ屋にいっても、Dカップってタイトルについてると、すぐに手がでちゃうんだよな」

「はいはい」

残りのふたりはホリブを無視して、さっさとプロフィールを埋めていった。ホリブは話がとまらなくなったようだ。

「その代わり、おれ、顔にはあんまりうるさくないから」

実際、歴代のホリブのガールフレンドは、スタイルはいいが顔は地味だった。ヤノッチがいった。

「じゃあ、スリムなDカップ女性、顔にはこだわりなしと書いておけよ。さあ、提出にいこうぜ」

「いや、さすがにブラジャーのカップについては書けないよ。どうしようかな」

「もうこんなやつ、放っておこう」

コバがそういうと、ホリブはあわてて空欄を埋め始めた。

13

エンジンのうなりが船全体を震わせると、パシフィック・コンチェルト号は日の出埠頭を離れた。すぐにお見合いパーティがスタートする。考える時間を与えないのが、スムーズな進行の要《かなめ》のようである。司会の女性はテレビで見かけたことのあるフリーアナウンサーだった。

「本日は三十代セレブ男性&大卒以上の会にお越しいただいて、ありがとうございます。東京湾一周のクルーズをたのしみながら、生涯のパートナーを見つける記念すべき日です。今から何年かたったとき、ふたりで手をつないで、あの夜が運命の日だったんだねと微笑《ほほえ》みあえる、そんなイベントにしてください」

そこで音楽はメンデルスゾーンの結婚行進曲になった。恐ろしくベタな展開だが、それだけで会場のなかが華やぐから不思議である。広いボールルームも中央に空きが残るだけになっていた。男女とも胸に数字のはいったバッジをつけているのだが、どちらも百番を超えていた。二百人以上の男女が恋人を探す熱気というのは、それだけで三千トンの船でも駆動できそうだった。

三人は壁際にもたれていた。ホリブがささやいた。

「おれ、あのアナウンサーの子がいいな」

ヤノッチはマイク片手に式次第を説明する女性に目をやった。すこし馬面だが、確かにスリムでなかなかおおきな胸をしている。

「そんなことよりちゃんとナンバーをチェックしておけ。すぐに自己紹介タイムになるぞ」

アナウンサーの言葉がスピーカーから轟音となってふってくる。

「では女性のかたはお椅子に腰かけてください。これから一時間の自己紹介タイムにはいります。ひとりの持ち時間は四分間です。音楽が変わったら、男性はすぐにつぎのかたに席を譲ってください」

豪華客船の宴会場がざわざわとし始めた。女性たちは頰を上気させて、猫足の椅子に上品に腰をおろした。正面には誰も座っていない椅子が一脚。アナウンサーがいった。

「男性のかたはよく作戦をお考えください。人気のある女性と話すためには、行列にならばなければいけません。七番目になってしまったら、一時間のうちの貴重な半分近くをただ待つために浪費することになってしまいます」

すでに男たちは前方で狙いを定めているようだった。

「女性はどんなふうに時間をつかうのか、男性の動きをよく観察しています。クレバーにスマートに女性とお近づきになってください。では、用意はいいですか。笛が鳴ったらスタートです」

フリーアナウンサーが銀のホイッスルを口にくわえた。鋭い金属音が宴会場に刺さる。ダークスーツの男たちは借りもの競走のように狙いをつけた女性のまえに列をつくっていく。壁際にいた三人は完全に出遅れてしまった。ホリブが泣きそうな声でいった。

「みんなよくて、誰かひとりなんて選べないよ」

ヤノッチが腕組みをしたままいった。

「どうせ、列の最後につくんだから、全体の雰囲気をよく見ておこう」

三人はやわらかなカーペットを踏んで、会場のなかをうろうろと歩きまわった。やはり男たちは現金なものだった。若い美人のまえにはすでに十人を超える行列ができている。三十代を越えていて、十人並みの女性のまえには誰も男が立っていなかった。全体の三分の一くらいの女性は、椅子に座って手もちぶさたにしているだけである。ホリブがいった。

「なんだか格差社会の現実を見たって感じだな」

ヤノッチが遠い目をしていった。

「ほんと、最近、カクサカクサと騒ぎすぎなんだよな。いったい日本にいつ平等な時代があったっていうんだよ。金でも恋でも仕事でもさ」

そのときむこうから、ライトグレイのスーツを着た男がやってきた。ファッション誌のグラビアから抜けでたようなファッションである。白とブルーのストライプのシャツにシルクの艶《つや》の淡いブルーのタイ。顔もなかなかハンサムで、とてもお見合いパーティにくるタイプには見えない。胸のバッジは二十一番だった。

「きみたちは、社長、先生、どっち？」

コバが困った顔でいった。

「どっちでもないよ。ぼくたち三人はしがないサラリーマンだから」

二十一番はまえ髪をかきあげて、爽やかに笑ってみせた。

「あはは、正直なんだな。ここにきてる男のほとんどは、ＩＴ関係の社長か、医師や弁護士みたいな士族か、なんかのプチセレブってことになってる。みんな自称で嘘ばかりだけどね」

ヤノッチがいった。

「あのプロフィール、嘘を書いてもよかったんだ」

「もちろん。ぼくだって、実家は長野のレタス農園だけど、バイオテクノロジー関連会社の社長ってことにしてるから。まあ、社長なのはほんとだけど」

ヤノッチは男の足元を見た。わざとむら染めを施した手縫いのイタリア製ストレートチップだった。鑿《のみ》のようにとがったつま先はチゼルトウというはずだ。十万円はくだらない高級品である。

「どうしておたくみたいな人が、こういうパーティにきてるの」

二十一番はまったく悪びれなかった。

「だって、おもしろいじゃないか。ここにきてる女の子は、すぐに結婚する相手を求めてなんかいないんだ。適当に遊べる相手が見つかるといいな。それくらいの軽い気持ちなんだよ。つきあって、それが将来、結婚につながればそれもまたよしって感じかな。ぼくもいつかは結婚したいと思ってるよ。まだ五年くらいは遊んでいたいけど」

ホリブの目が輝きだした。

「じゃあ、つきあったら、すぐに責任とって結婚なんて考えなくていいんだ」

「そりゃあ、そうさ。結婚については女性のほうがずっと慎重だからね」

ホリブが叫んだ。

「やったー、じゃあ、ばりばり自己紹介しようぜ。こうして男同士で話していてもしょうがない。あたって砕けろだ」

三人は顔を見あわせると、それぞれ好みの女性の行列にならんだ。

14

ホリブがついた短い行列の先には、大柄でスタイルのいい女性がいた。美人ではないが、愛嬌のある顔立ちをしている。自分でも武器がなんなのかよくわかっているのだろう。ひざうえ丈のタイトスカートから伸びる足が細くきれいだ。

コバはなんとか額が広く見えないようにしようと、まえ髪を手で押さえていた。こちらの列の先には、しっとりした和風美人がいる。男からなにかお世辞をいわれたのだろう。口元を隠して笑う様子は、どこかの割烹の若おかみのようだった。

ホリブのスリムだけれど肉感的なグラマー、コバの肌の白い和風美人。男の好みというのは各人ばらばらなものだった。感慨深くそんなことを考えるヤノッチがならんだ行列が一番長いのだからおかしなものである。

四十三番のバッジをつけた女性は、全盛期の森高《もりたか》千里《ちさと》のようなミニフレアのスカートをはいた小柄な女性だった。年齢は会場でも一番若いほうではないだろうか。まだ学生に見えるほど幼いルックスだった。とがったあごにちいさな顔は、リスのような小動物を思わせる。ロリコンの年下好みで小柄な女性が好きなヤノッチには、どまんなかのストレートである。だいたい胸のおおきな女性が昔から、ヤノッチは好きではなかった。巨乳よりは微乳、それも適度なサイズの美乳が望ましい。ホリブのDカップなど論外で、ヤノッチの理想はAとBの限りなく中間あたりである。

四分ごとに会場に流れる音楽が変わった。どちらもリズムの激しい歌なしのダンスミュージックだった。テクノビートにのって、百を超える椅子のまえで男たちの顔ぶれがいれかわる。まるで集団見合い工場のようだ。自分も生産ラインのベルトコンベアーにのせられている気になってしまう。いよいよ四十三番の女の子のまえにやってきた。となりの列からは、最初の自己紹介を終えたホリブが親指を立てて応援してくれる。一歩まえに足を踏みだしてヤノッチは席に座った。

「はじめまして、矢野巧です。ゲーム制作会社で、毎日ゲームをつくってます」

四十三番がぺこりと頭をさげた。

「片岡亜寿佐《かたおかあずさ》です。なんだか矢野さんの髪型なつかしいですね」

ヤノッチの頭は世間とは逆だった。就職してから、長髪になったのである。今はゴムでうしろに束ねている。流行遅れでもなんでも、このほうが落ち着くのだからしかたない。

「アズサさんはこういうパーティにいる人に見えないけど、よくくるんですか」

アドリブで初対面の女性と話すのはむずかしかった。なにをいっていいかわからないし、そうなると自然にインパクトのない世間話になってしまう。四分は短かった。人気の女性は十五人近い男たちと面接するのだ。これではすぐに忘れられてしまうだろう。ヤノッチはひきつり笑いをしながら、内心あせっていた。アズサは無邪気だ。

「はい、何度か遊びにきたことがあります。食事もおいしいし、たのしいですよ。矢野さんは初めてですよね」

なんでわかるのだろうか。ヤノッチは胸のバッジを直した。

「どこかへんですか」

八重歯をのぞかせて、アニメのヒロインのような女性が笑った。

「ホイッスルが鳴って、うしろのほうで出遅れちゃう人は、だいたい初参加の人なんです。慣れてる男の人は司会が話しているあいだにいいポジションに移動してますから」

そうだったのか。自分のしらない世界というのはいろいろとあるものだ。恋愛や出会いをプロデュースする産業がこんなに広がっているとは驚きである。逆に考えると、それほど現代の若い男女には出会いがないのかもしれない。砂漠でなら水がよく売れることだろう。自己アピールをしなければと、ヤノッチは声をおおきくした。

「ぼくはパソコンが得意だから、つきあったら世界で一台のオリジナルパソコンをつくってあげます。あとはＡＶの配線なんかもお手のものかな。ここにきてるたくさんの人ほど年収もないし、セレブじゃないけど。ついでにこの春、女の子に振られて、彼女もいないんだ」

ちらりとアズサの目のなかで動きがあった。なにかおかしなことをいっただろうか。アズサが声をひそめていった。

「矢野さんていい人なんですね。さっきから、男の人の自慢話ばかりきいて、アズサ、うんざりしてたんだ。どれだけ稼いでるとか、どんなクルマにのってるとか、どこの大学でてるとか。会ったばかりで、そんなこと関係ないのにね。じゃあ、ヒントをひとつあげる。矢野さん、これからあちこちで自己紹介するでしょう?」

ヤノッチは急にアズサがかわいく見えてきてしまった。こんなふうに親密な態度をとられると弱いのだ。

「アズサさんが嫌でなければ、また列のうしろについてもいいけど」

アズサは笑って手を振った。

「そんなの、ダメダメ。だって自己紹介タイムが終わったら、希望の上位六人の番号を提出しなければいけないんだもの。もっとたくさんの女の人と話をしなくちゃ。あのね、あんまりかわいい子には要注意。わたしとか十七番とか二十九番とか」

どちらも長い行列ができている女性だった。二十九番はグリコ・ポッキーのＣＦの新しいキャラクターになった沖縄出身のアイドルにそっくりだった。ヤノッチも目をつけていた女性だ。

「ああいうのは裏があるから」

ヤノッチは思わず叫んでしまった。

「ほんとに」

アズサはいたずらを見つけられた子どものようにうつむいてくすくす笑っている。

「だってお見合いパーティはビジネスだもの。リピーターもほしいし、いい口コミも流してほしい。女の子のレベルをさげるわけにはいかないでしょ」

ヤノッチの肩から力が抜けていった。

「なるほどねえ。そう簡単にチケット一枚くらいで、いい出会いなんてあるはずがないよなあ」

アズサはまじめな顔をした。

「でも、自分のストライクゾーンを広げて、ちゃんと女の人を見れば、なかにはいい感じの相手がちゃんといるよ。それには自分の自慢をするばかりじゃなく、相手の女性にたくさん話させるようにして。聞き役になってあげるといいと思う。それが、わたしからのアドバイス」

そのときパーティ会場に流れる音楽が変わった。交代の時間である。アズサがいった。

「じゃあ、矢野さん、つぎの人、がんばってね」

複雑な気持ちで、ヤノッチはストライクゾーンどまんなかの女性のまえを立ち去った。

15

最初のお見合いを終えて、ヤノッチはアズサから離れた。行列のうしろのほうで、コバとホリブが手を振っている。すぐつぎの列にならぶのが面倒で、ヤノッチはふたりの悪友のほうへ歩いていった。

「よう、やっぱり四十三番だと思ったよ。おまえは昔から、ロリコンだからな」

ホリブは丸い顔に汗の粒を浮かべていた。かなり冷房は強くはいっているのだが、二百人を超える男女の放つ熱気というのは、ものすごいのだ。コバが腕時計を見ていった。

「お見合いタイムは残り半分だね」

窓の外では東京湾に夕日が沈もうとしていた。きれいな夕焼けだったが、注目する者はいない。誰もがつぎの相手を探すのに必死なのだ。一時間のお見合いタイムは、三人が順番待ちをしているあいだに、残り三十分を切っていた。

「さあ、おれたちもつぎの女の子のところにいこう」

壁際にならんだ猫足の椅子には、お見合いパーティにきた女性たちが姿勢よく座っていた。そのまえにはもう一脚の椅子がむかいあっておいてある。美人や比較的若い女性や、スタイルのいい人のまえには、長い列ができていた。残り時間を考えると、あとひとりかふたりが限界だろう。

三十代をすぎていて、あまり美しくもない女性のまえにならぶ気にはならなかった。そちらのほうはほとんど列がないので、いくらでもお見合いは可能なのだが、男たちの本音は正直だ。

「はい、では名残《なご》惜《り》しいですが、お見合いタイムを終了いたします」

フリーアナウンサーがそう宣言すると、船上の宴会場の照明が一段明るくなった。

「どうですか、みなさん。素敵なお相手は見つかりましたか」

出席者はみなこのパーティの流れをよくしっているようだった。お見合いタイムが終わると同時に、行列は崩れてアメーバのようにパーティ会場の中央に移動していく。横長のテーブルのうえには立食用のごちそうが山盛りだった。

三人は人の流れに逆らって、壁際に集まった。ヤノッチがいった。

「そっちのほうは何人と話せた？　おれは三人だ」

「ぼくは四人」

コバがそういうと、ホリブが突っこんだ。

「おまえ、あの八十四番の着物の人にいっただろ。おれもあそこにならぼうか迷ったんだよな。顔は地味だけど、スタイルよかったから。おまえが列についたのを見て、譲ったんだからな」

へえ、そんな女性がいたのかとヤノッチは思った。コバは和風のしっとりした美人が趣味で、ホリブは肉体派なのでグラマータイプが好みだ。このふたりの嗜好をそろって満たすとしたら、かなりの上玉に違いない。

「それで、おまえのほうはどうなんだ」

ヤノッチの質問にホリブが胸を張った。

「おれが一番多い。五人だ」

「なにを偉そうにいってるんだよ。どうせ、途中でレベルを落として、誰でもいいからすぐに話せそうな相手を選んだんだろう」

コバもヤノッチの言葉ににやにやしながら、うなずいている。

「うるさい。おれはぜんぜんひよってなんかいないからな。どの子もいい子ばかりだよ」

信用金庫の顧客係がいった。

「なんか不思議だね。ホリブがそういうと、どの子もおっぱいはでかかったっていってるようにきこえる」

そのとき女性の集団が横をとおっていった。おっぱいという言葉に反応して、じろりと三人のほうをにらみつけてくる。頭をかいて、ヤノッチはいった。

「こんにちは、あのなんでもありませんから」

ホリブは顔を赤くして、口のなかでつぶやいた。

「今夜はこの船をおりるまで、おっぱいって言葉は禁止な。おれ、絶対とんでもない巨乳マニアだと思われてるぞ。おれはただDカップが好きだけなのに……」

ヤノッチがちいさく叫んだ。

「Dカップ、Dカップってうるさい」

司会の女子アナのマイクが復活した。

「では、これから四十五分間のお食事タイムです。でも、ただお腹をいっぱいにするだけではダメですよ。このお時間を利用して、お配りしたカードに希望の相手の番号をご記入ください。第六希望まであるので、全部空欄を埋めましょう。それではごゆっくりご歓談ください」

東京湾に浮かぶ船のうえのパーティだった。同じ宴会場のなかに二百人を超える若い男女がいる。だが、食事時間にはきれいに男女が分かれてしまった。小学校のころの休み時間をヤノッチは思いだした。あの年代は意識しすぎてしまって、男女いっしょには遊べなかった。先ほどまでのお見合いタイムでは、業者のセッティングがあったから女性に近づくことができた。だが、その手だてがなくなってしまうと、男性たちは女性に声をかけるきっかけを失ってしまうようだ。

ヤノッチは立食パーティが苦手なので、あまりごちそうを口にしなかった。コバがもってきたパスタと寿司をすこしつまんだくらいである。ホリブは自分の清涼飲料会社の系列のビールをがぶのみして、ローストビーフを何皿もお代わりしていた。あいだに炒飯やカレーライスなどの炭水化物をはさんでは、また血のにじむ肉にもどっていく。見ているだけで、ヤノッチは腹がいっぱいになった。

コバが受付カウンターからボールペンを借りてきた。会場の隅のテーブルで、ヤノッチはカードをまえにして考えてしまった。さて、誰を第一希望にしようか。三人しか話すことはできなかったけれど、こういう場合口をきいてもいない女性を候補にいれてしまってもいいのだろうか。四十三番のアズサが一番のお気にいりだが、彼女では競争率が高そうである。あれこれと考えると、ペンをもつ手が動かなくなってしまう。

「おー、悩んでるな」

ホリブが口をうごかしながら、遅れてやってきた。

「やかましい。おまえ、そのローストビーフ何枚目だ」

営業マンは指を折ってかぞえだした。途中であきらめたようである。

「うーん、わかんないな。でも、半年分くらいの肉をくった気がする」

コバはすらすらと番号を書いているようだった。ホリブも迷いなく、数字を記入していく。ヤノッチがいった。

「おまえ、おっぱいのおおきな順で書いてないよな」

ホリブが顔をあげた。

「だから、おっぱいは禁止だっていっただろ。ヤノッチこそ、考えすぎなんだよ。お見合いパーティなんて、遊びみたいなものだろ。もっと気軽にいかないと、相手のほうは重く感じるぞ」

真剣すぎる、重い、うざい。若い女たちに何度その言葉を吐かれたことだろうか。女たちがいったん嫌いになった男につかう言葉は刃物のようだった。投げやりになったヤノッチは四十三番を最初にして、あとは会場で適当に目についたタイプの女性を書きこんだ。

「みんな、できたかな。じゃあ、いっしょにカードを提出にいこう」

コバが先頭に立って、広い会場を三人はぞろぞろと移動していった。

16

「それでは、いよいよ待ちにまったマッチングの結果発表です」

会場の明かりがしぼられた。スポットライトがぐるぐるとボールルームを駆けまわる。あちこちで拍手と歓声が起こった。曲は再びメンデルスゾーンの結婚行進曲だった。作曲家が現在生きていれば、この曲の印税だけで一生たべていけることだろう。女子アナの声はわざとらしいほど高かった。

「今回のパーティでも、素敵なペアがたくさんできました。発表のあとはすぐに直接マッチペアのお相手のところにいって、お話をなさってください。船をおりたあとで、おふたりでもうすこしお話をしたい。のみにいきたい。あるいは、メールアドレスの交換。すべて、若いおふたりにおまかせです」

そこで音楽のボリュームが一段おおきくなった。ヒステリックなほどの叫びが重なった。

「では、発表いたします。男性一番のかたは、女性三十二番です」

胸に一番の番号をつけた若い会社員風の男が立ちあがった。スポットライトが注《そそ》がれる。

女性の三十二番も壁際の椅子から、口元を押さえて立った。ライトに赤く上気した頬が浮きあがった。

「なんだか、すごいことになってるな」

ホリブがヤノッチのわき腹をつついていった。

「ほんと、さらし者って感じだ」

つぎつぎと番号が発表されていった。二百人を超える男女がいるのだ。時間を考えると、スピードアップも必要なのだろう。よく見ていると、男性の番号は飛びとびだった。マッチングできなかった男性は半分というところだろうか。コバが小声でいった。

「このパーティで相手がいないのはきついなあ」

ヤノッチも真剣にうなずいた。とくにこのふたりに相手ができて、自分ひとりが空振りだったら、目もあてられない。いつのまにか、男性の番号は六十番台だった。広い会場のあちこちでは即席のカップルが、たのしげに立ち話をしている。

「おいつぎヤノッチだぞ。用意はいいか」

そんなことホリブにいわれても、なにも用意することなどなかった。緊張で胸がばくばくと動くだけである。女子アナはいった。

「男性七十一番と……」

そこで手元の紙を確認した。ヤノッチはほっとして全身の力を抜いた。すくなくとも誰かとうまくマッチングはできたようだ。スポットライトがひどくまぶしい。気がつけば立ちあがっている。

「……女性四十三番のかたです。おめでとうございます」

遠くでアズサがライトのなか、こちらに手を振っていた。

「やったな、ヤノッチ」

コバもホリブも自分のことのようによろこんでくれた。女子アナはいう。

「つぎは男性七十二番と」

「おれだ、おれ。神さま、お願いします」

「女性十九番です」

ヤノッチのライトがとなりに移った。まるでアカデミー賞の授賞式のようだった。ヤノッチは自然にホリブに握手を求めていたのだ。

「男性七十三番と女性八十四番のかた。おめでとうございます」

ホリブが叫んでいた。

「やったぜ。全員合格だ」

コバが感激しているようだった。ホリブの肩をたたいていった。

「こんなすごいパーティのチケットを手にいれてくれてありがとな。今度、好きなだけ焼肉おごるから」

大学時代の同級生三人は、ちいさくガッツポーズをするとそれぞれの番号の女性のところに散っていった。

17

アズサはノンアルコールのカクテルをまえに、にこにこしていた。ヤノッチはあらためて、アズサを観察した。顔はとてもちいさい。あごは鋭くとがっている。小柄だけれど、手足はすらりと細かった。写真を撮るなら、完璧なバランスだろう。アイドル予備軍のように見えなくもない。

「ふふ、わたし、矢野さんにしちゃった」

むかいに座ると、照れたように笑って、アズサがいった。自分は今年一年分の運をつかい果たしたのではないだろうか。ヤノッチも必死の笑顔を返した。

「ぼくでよかったの」

「うん、まあね。ここは暑いから、うえのデッキにいかない」

アズサが立ちあがるとき、ついミニスカートから伸びる太ももに目をやってしまった。ミニフレアで張りをもって輝やく太ももの半分以上が露出しているのだ。見るなというほうが無理だった。会場のむこうで、コバとホリブが手を振ってきた。ヤノッチはちいさく親指を立てて挨拶を返した。

宴会場をでて、鉄製の螺旋階段をあがった。一気に視界が開けて、暮れ切った東京湾が広がる。風も強いようだ。アズサの短い前髪が乱れて、白い小石のような額がのぞいた。遠く街の灯が空と海の境い目に一列にならんでいる。

アズサとならんで、手すりにもたれた。白いペンキがねばるように感じられるのは、潮風のせいだろうか。

「あー、疲れた」

アズサはそういうと肩からさげたポシェットを探った。

「一本吸ってもいい？」

携帯用の灰皿とタバコをだして、うわ目づかいでそういった。タバコを吸う子なんだ。ちょっと驚いたが、うなずいた。

「いいよ」

アズサはメンソールのタバコに火をつけると、深々と吸いこんだ。

「あのパーティは禁煙だから、苦しくて。ずっとかわいい子の振りをしていないといけないし」

「普通にしていれば、アズサさんは十分かわいいと思うけど」

アズサは笑って手を振った。

「そんなことないよ。男の人が感じるかわいさって、女の子にとって自然なものじゃないから。どこかで無理しないと、男性が求めるかわいさなんて演出できないよ」

アズサはすこし淋しそうな顔をした。

「選んでもらって、感謝してる」

首を横に振って、アズサは夕暮れの空の色と同じ煙を吐いた。

「ううん。こっちこそいいようにつかってしまって、ごめんね」

なにをいっているのか、まったくわからなかった。とりあえず、うなずいておく。

「こういうパーティでもときどきおかしな人がまぎれこむことがあるんだ。だから、お見合いタイムに話をして、いつも安全そうな人を選んで番号を書くの」

そうだったのか。ヤノッチの全身から力が抜けていった。安全だから選ばれたのか。

「いくらサクラのアルバイトでも、誰かとマッチングをつくらないとおかしな目で見られるでしょう。だから、しかたないんだよね」

ショックがダブルでやってきた。安全で、しかたないから、選ばれたのか。ヤノッチはうんうんとうなずくだけだった。もう口説く気にもならない。アズサが海風に髪を乱していった。

「わたし、ずっと芸能事務所にいて、アイドルを目指していたんだ。たくさんのオーディションを受けたけど、あまりうまくいかなかった。もう二十三歳になるから、アイドルはむずかしいかもしれない。二歳くらい年をさばよんでも、あとすこしでアイドル路線は限界かなあ」

こんなにかわいい子でも成功はむずかしいのだ。きっと厳しい世界なのだろう。

「そうなんだ。アズサさんがうまくいかないなんて、信じられないけど」

ちらりとアズサがヤノッチを見た。

「お世辞がうまいね、矢野さん。かわいい子なんて、この世界いくらでもいるよ」

世界にはどこかにおおきな偏《かたよ》りがあるようだった。ヤノッチのまわりにはかわいい子など、ほとんどいない。

「大好きな仕事だし、たのしいから、芸能活動はずっと続けていきたいけど、こうしてアルバイトをたくさんしなくちゃ生活していけないんだよね。ほかの子みたいにパパをつくるのも嫌だしなあ」

どれほど容姿に恵まれていても、人間というのは単純に幸福にはならないものだ。ヤノッチはなにかひとつ勉強した気分で、手すりにもたれていた。船で一時間も離れてしまえば、東京湾もこれほど広大な海だ。

「でも、矢野さんがいい人でよかったよ。ほんとの話をすると急に怒りだす人とかいるから」

別にいい人などではなかった。好みのタイプの女性がいたから、ふらふらと番号を書いただけだ。ヤノッチはいった。

「これからも応援するよ。変な意味じゃなく、アズサさんのメールアドレス教えてくれないかな」

アズサはにこりと笑ってうなずいた。

「いいよ。ちょっと待って」

紙ナプキンにさらさらとアドレスを記入する。アズサは手を伸ばして、ヤノッチの胸ポケットに紙切れを押しこんだ。

「これからもよろしくね。わたしはそろそろ仕事にもどらなきゃいけないんだけど、矢野さんはどうする」

「もうしばらく、ここで風にあたってからいく。じゃあ、またね」

アズサはアイドルのようにてのひらをいっぱいに開いて手を振った。

「うん、じゃあ」

18

アズサがいってしまうと、甲板が急に広くなったようだった。

「うまくやったじゃないか」

ホリブの声が背中越しにきこえた。振りむくと、ふたりが浮かない顔をしてやってきた。

ヤノッチがいった。

「そっちはどうだった」

ホリブが丸い肩をすくめた。

「十九番はさんざんだったよ。どこの大学を卒業したか。年収はいくらか。どんなレストランに連れていってくれるのか。東京に持ち家はあるか。身上調査みたいに質問攻めだ」

ヤノッチはため息をついた。

「そうだったのか」

ホリブは自分を笑ったようだった。

「まあ、半分以上は経済状態に関する質問だったな。あの子はおっぱいはでかいけど、男よりも金のほうが好きみたいだった」

ヤノッチは浮かない顔のもうひとりに視線を移した。

「そっちのほうは」

「ぼくもぜんぜんだ」

三人は海風のなか、手すりにもたれた。しだいに空は夜の色に変わっている。深い群青の空には点々と金属の粒が混ざりこんでいた。東京の数すくない星だ。

「ぼくの八十四番は、ちょっと見た感じ理想的な和風美人だったけど、話してみると変だった」

ホリブが突っこんだ。

「なにが変なんだよ」

「彼女は美咲《みさき》さんていうんだけど、来月二十九歳になるというんだ。それで、ぼくに一年以内に結婚できますかって、最初にきいてきたんだよ。そんなことわかるわけがないだろう。まだ会ってから一時間もたっていないのに」

ヤノッチがいった。

「それもまたしんどいなあ」

「こっちのほうは金じゃなく、結婚、結婚だよ。なんだか二十代のうちに結婚しないと、死んでしまう。そんな感じだったなあ」

ホリブがヤノッチの肩を強くたたいた。

「結局、このパーティでうまくいったのは、おまえだけだよ。ほらアズサちゃんとのこと、ばらしちまえよ」

ヤノッチは親友ふたりを見てから、海を見た。潮風を吸いこんでいった。

「こっちも空振りだよ。あの子、お見合いパーティのサクラだったんだ」

「なんだって」

ホリブとコバの声がそろった。ホリブがいう。

「サクラだってことを、自分からばらしたのか」

「そう。おれのことは安全そうだから、選んだんだって。あの子の本業は売れないタレントで、アルバイトでくってるそうだ」

コバが乾いた笑い声をあげた。

「はは、安全か、女ってほんとに残酷なことというよね」

ホリブがいった。

「だけど最後におまえの胸になにか紙を押しこんでたろ。あれ、アドレスか電話番号じゃないのか」

ヤノッチはあわてて胸のポケットを探った。紙ナプキンはしっかりとそこにある。広げるとふたりがのぞきこんできた。

「まあ、サクラでもいいじゃないか。しっかりとアドレスをゲットしたんだから。どうせなら、すぐにメール打っておけよ」

コバもホリブに賛成のようだった。

「そうだね、鉄は熱いうちに打てというからね」

ヤノッチは携帯電話を開いて、アズサからもらったアドレスを入力した。さっそくお礼の言葉だけの短いメールを送信してみる。だが、うまく送ることができなかった。何度送信ボタンを押しても無駄である。

「おかしいな」

コバが何度かナプキンのアドレスを見直した。首をかしげていう。

「もしかしたら、これインターネットのサイトのアドレスじゃないかな」

ヤノッチは今度は携帯電話からネットに接続した。アズサのアドレスを入力してみる。するとしばらくしてあらわれたのは、アズサの公式サイトだった。ちいさな液晶画面を三人の男の顔がのぞきこんだ。アズサはトップページでビキニの水着で、水を跳ね散らしポーズをつけていた。ホリブがいった。

「まあ、一ファンとしてよろしくってことか」

ヤノッチは失望が声にでないようにいった。

「そうだよな。別に期待もしていなかったけど」

豪華な客船の甲板にならぶ男たちの背中が丸くなった。やけに潮風が強くなった気がするのは錯覚だろうか。街の灯がこんなに切ないなんて、がっかりである。コバがぽつりといった。

「今夜はものたりないから、陸にもどったら三人でのみにいかないか」

ホリブが返事をした。

「いいよ、女抜きならな」

三人はすこしだけ笑い、そのまましばらく無言で海風に吹かれていた。

19

「久しぶりですね、みなさん」

美人の特別講師、河島美紗子が白い大理石張りのウエイティングルームでそういった。ホリブとコバとヤノッチ、いつものもてない男三人は、白い革のソファに座り落ちつかない様子である。

「東京湾クルーズのお見合いパーティにいったそうね。わたしはジタバタするより、うちのサロンでしっかり基礎から力をつけたほうがいいと思うけど」

大学の一年先輩のうえ、このエステティック店「サロン・ド・アクア」のオーナーのひと言である。三人はばつが悪くなって、うつむいてしまった。ヤノッチがコバのわき腹をつついた。

「なんで美紗子姫がしってるんだよ」

コバは薄い頭をかいてささやき返した。

「漏らしたのはぼくじゃない、そっちの太っちょだって」

そのホリブは三桁近い体重で丸々とふくらんだ頬で、あこがれるように美紗子を見あげている。唇がだらしなく開いていた。白いスーツのオーナーがいった。

「みなさん、目先でもてたいわけじゃないでしょう？　女性からきちんと尊敬されて、素敵な人だと評価してもらいたい。そう考えていたと思うんですけど」

ホリブが右手をあげていった。

「大賛成。そのとおりです。だいたい三十三歳になって、急にもてようなんて無理がある」

ヤノッチはあきれていった。

「いったい誰がお見合いパーティのチケットを手配したんだよ」

ホリブは長髪のゲームプログラマーのほうを見ずにいった。

「もてないおたくはうるさいの。おれは今、美紗子姫の言葉で悔い改めたんだからな」

ヤノッチとコバがつぶやいた。

「このデブッ!」

涼しい顔で清涼飲料水の営業マンはいった。

「ところで、今回はなにをするんですか」

美紗子がにっこりと笑った。自分の笑顔の威力がよくわかっているようだ。しばらく表情を固定してからいう。

「前回はフェイシャルの施術をおこないましたから、今回はボディのマッサージです」

ホリブだけでなく、コバも身体をのりだしてきた。

「あの裸でうつぶせになってやってもらうやつですか」

ふふふっと笑って、美紗子がいった。

「そうですよ。とても気もちがいいから、眠くなってしまうかもしれない」

「おーっ」

三人の歓声がそろった。そんなに気もちがいいのなら、ぜひお願いしたいものだ。ヤノッチは一日に何万回もキータッチをしている。どこかのお役所のように民間は甘くない。ディスプレイを始終見ている目も痛むし、肩も疲れてこちこちである。

「それからね、みなさん。男の人も肌はとても大切なものです」

美紗子の真剣な様子に、はしゃいでいた三人は静かになった。

「女性の場合、顔のつくりやファッションよりも最初に肌のきれいさや清潔感に目がむく人が多いんです」

美人オーナーは両腕をあげて、誰もいない宙を抱き締めるようなポーズをとった。

「こうして裸で抱きあったとき、てのひらが自然に肩や背中にふれるでしょう。そういうとき、相手の男性がすべすべの肌をしてると、ほんとに女の子のほうもさわっていて気もちがいいんです」

ヤノッチは思わず漏らしていた。

「へえー、そんなものなんですか」

美紗子は自信をもってうなずいている。

「もちろんです。みなさんはまだまだ女性の勉強が足りませんね。でも、それはうちの特別クラスでしっかりと学んでもらいますから。では、こちらにどうぞ」

白いスーツの美紗子が先に立って、ウエイティングルームからでていった。三人は左右に心地よいリズムで揺れる大学の先輩の尻をうっとりと眺めながら、サロンの奥へとはいっていった。

20

木目が中央できれいに対称形を描く扉を開くと、ロッカールームだった。三人はロッカーのなかをのぞきこんだ。ホリブが声をあげた。

「おー、今度は真っ白なバスローブ。なんかリゾートにきたハリウッドスターって感じだな」

ヤノッチも自分のロッカーしたを見た。薄手の布製のスリッパがそろえられている。そのうえにある紙ナプキンのようなものはなんだろうか。ヤノッチよりも先にコバが手にとって叫んでいた。

「美紗子さん、これ、なんですか」

サロンオーナーは余裕の表情でにこりと笑った。

「それは紙パンツです」

ヤノッチは思わず声をだしてしまった。

「えっ……これにはき替えるんですか」

美紗子は笑いながらロッカールームの奥に移動していく。背中越しにいった。

「まあ、無理にとはいいませんけど、一日はいていたトランクスを見せるよりはいいでしょう。こちらにはシャワールームがありますから、つかってくださいね」

そうか、マッサージを受けるといっても、いろいろと面倒な手順があるのだ。ヤノッチは自分のトランクスの柄を思いだした。アメコミのヒーローが、ジーンズのしたでくしゃくしゃになっているはずだ。ヤノッチは質問した。

「普通、ここでエステを受ける人は、どうするんですか」

美紗子はシャワールームのガラスドアを引いて振りむいた。

「女性のお客さまは、ほとんどシャワーを浴びてから、紙のパンツにはき替えます。靴はロッカーのなかにしまって、スリッパをつかってくださいね。では、用意ができた人から、どうぞ。廊下で待っていますから」

美紗子はロッカールームをでていってしまった。三人はなぜかいい香りがするロッカールームで顔を見あわせた。ホリブがジャケットを脱ぎながらいった。

「夜のこんな早い時間にシャワー浴びるなんて思わなかった。下着のことなんて、なにも考えてこなかったよ」

ヤノッチもオレンジ色のレザーブルゾンを肩から落とした。ロッカーのなかのハンガーにかける。

「そうだな。そういうところを普段から、身だしなみとして気をつけろっていう指導なのかもしれない。おれたちもいつパンツ一枚になるか、わかんないからな」

信用金庫の顧客係がいった。

「みんな、よくそんなことというけど、ぼくには一度もその日のうちにベッドインなんて経験はないよ。うわー、このバスローブ、ふかふかだな」

最初にシャワーをつかったのは、ホリブだった。バスローブ姿で、ヤノッチとコバは順番を待った。シャワールームのまえには白木のベンチがおいてある。さすがに高級サロンで、しゃれた北欧デザインだ。コバがいった。

「なんだか、こういうのに慣れてくると、自分がすこしはセレブの仲間いりした気がしてくるから不思議だなあ」

ヤノッチは横にある洗面台の鏡をちらりと見た。長髪と薄毛、髪の量は対照的だが、あまり見栄えのしない三十男が、細いすねをむきだしにして貧相に座っていた。

「そいつはどうかな。でも、女の子たちがこんなふうに自分を磨いて、いつもきれいでいようという気もちはすこし理解できるかもしれないな。おれたち三十三年間、自分の外見が人に送るメッセージについて、なーんにも考えてこなかったからな」

ヤノッチは紙パンツをはいて、なにかがわかったような気がした。

「女の子たちがみんなきれいなのは、おれたち男に気づかれないところで、すごく努力してるからなのかも」

自分は真剣に魅力的な男になるために努力したことがあっただろうか。となりのコバの顔を見た。学生時代からの友人も、なにかを考える表情になっている。

「よー、お待たせ」

バスローブ姿のホリブがシャワールームからでてきた。ヤノッチがいった。

「おまえ、ずっと鼻歌がうるさかったぞ」

汗だくの首筋をハンドタオルでふきながら、ホリブがいった。

「おれ、歌なんかうたってないよ」

コバが立ちあがりながらいった。

「うたっていたさ。シャ乱Qの『シングルベッド』。懐かしいな。おれたちの学生時代のヒット曲じゃないか。じゃあ、ヤノッチ、お先に」

ヤノッチはぼんやりと考えていた。女のいないまま年をとることについてである。今はまだ若いからいいだろう。だが、人生後半のくだり坂は必ずやってくる。これほど女に縁がないのは、自分はなにか決定的な勘違いをしているのではないだろうか。

「そうか、あの歌がでるってことは、よっぽど気もちよかったんだな」

ホリブが鏡のなかで、たいして変わりばえのしない前髪をいじっていた。

「よし、これで完璧と。じゃあ、おれ先にマッサージいってくるわ」

ヤノッチはなんだか真剣に考えるのがバカらしくなってきた。これではまるで風俗の待合室のようだ。

21

ヤノッチがシャワーを終えると、誰もロッカールームには残っていなかった。背中はボディソープをたっぷりとつけてスポンジで洗ってある。汗くさいとエステティシャンに嫌われるのではないかと思い、髪以外の全身をついていねいに洗ってしまった。今夜はもう家に帰ってから風呂にはいらなくてもいいかもしれない。廊下にでると、美紗子が待っていた。

「お疲れさま。こちらにどうぞ」

廊下は一段暗くなっていた。ナイトモードの照明なのだろう。点々とフロアランプが淡い光を投げている。美紗子に連れられていったのは、いくつもの扉がならぶ一角だった。そのうちのひとつをノックすると、美紗子はドアを開き、なかに声をかけた。

「はるかさん、お願いします」

いったいどんな女の子なんだろうか。ヤノッチは美紗子のあとに続いて、部屋にはいった。はるかは体格のいい女性だった。太っているのではなく、腕も肩もしっかりと筋肉がついている。胸も相当のボリュームだった。巨乳マニアのホリブなら、泣いてよろこぶかもしれない。髪はショートで、軽く茶色に染めている。スポーツ系の美人だ。ビーチバレーのなんとかいう選手にちょっと似ていた。エステティシャンはにこりと笑って、頭をさげた。

「はるかです。よろしくお願いします」

初対面の若い女性のまえで、紙のパンツ一枚にバスローブを羽織って立っている。これはかなり異常な事態だった。あわてたヤノッチは室内を観察して、気分を落ち着かせた。部屋の広さは三畳ほどだろうか。中央には黒いビニールマットレスが敷かれた腰の高さの施術台がおいてある。右手にはちいさなシンクと戸棚がついていた。なんにつかうのか用途のわからない小瓶がぎっしりとならんでいる。はるかがいった。

「マットのうえに横になってください」

ヤノッチは恐るおそるマットレスに横たわった。はるかが腰のあたりに大判のバスタオルをかけてくれた。

「それではバスローブを脱いでいただけますか」

ヤノッチは緊張した。こんなことなら、もうすこし鍛えておけばよかった。自分の貧弱な胸が好きではないのだ。脱いだバスローブをはるかが、さっと奪ってしまった。

「そのまま、うつぶせになってください」

こうなると完全にまな板の鯉《こい》だった。いいなりになるしかない。マットの端には丸いドーナツのようなクッションが飛びでていて、そこに顔をいれるようになっているらしい。

足元から美紗子の声がきこえた。

「ねえ、矢野くん。今日の課題はただ身体のマッサージをして、肌をきれいにすることではないの。背中を中心に、これから一時間ハーブオイルのマッサージをしてもらいます。そのあいだ、誰か他人の手にずっと肌をふれられる女性の気もちを考えてみてもらいたいの。できるなら、女性の気もちを想像して、なりきってみてほしい。矢野くんはクリエーターだから、想像力には自信があるよね」

部屋の照明が落とされた。豆粒のようなハロゲンランプが一灯、床を丸く照らしている。ゲームをつくることに、それほどの想像力は必要だったのだろうか。女心など宇宙の果てを想うようなものだ。あらためて、美紗子にそういわれると、自信のない返事しかできなかった。

「よくわからないけど、できる限りやってみます」

丸いクッションのしたに、女性の手がおりてきた。ちいさな脱脂綿をもっている。

「この香り、矢野さんはだいじょうぶですか」

ローズマリーとラベンダーの香りがした。そのくらいなら、ヤノッチにもわかる。

「うん、だいじょうぶ……うわっ」

背中にあたたかなオイルが塗られた。ひどくくすぐったい。美紗子の声がきこえた。

「矢野くん、いいかな。ポイントはさわられる女性の気もちですからね。では、リラックスして、サロン・ド・アクアのマッサージをおたのしみください」

ドアの閉まる音がきこえた。ヤノッチの視界は床の白いタイルだけだ。空港やエレベーターホールに流れているような環境音楽が部屋のなかを満たした。はるかの手がヤノッチの肩をもみほぐした。

「かなりお疲れみたいですね。肩は指がはいらないくらい、硬くなっています」

すこし痛むけれど、心地いいマッサージだった。ヤノッチはまじめなので、なんとか女性の気もちになろうとした。仕事で凝っている肩から背中の筋肉をほぐされると、思わず声がでて、身体に力がはいってしまった。

「痛いときは、そうおっしゃってくださいね。無理をすることはないですから」

そうはいわれても、素直に痛いとはいいにくかった。一生懸命がんばっている相手に失礼な気がしたのだ。そのとき、ヤノッチはあっと思った。何人か真剣につきあった女性を思いだす。あれはマッサージではなく、ベッドのときだったけれど、何度も女性たちはなにかをこらえる表情をしたり、気のりしない様子を示したりしたものだ。でも、こちらは自分の欲望しか目にはいっていなかった。あのとき、女性たちは痛みをこらえていたのではないか。相手がだしている微妙なサインを、自分は見逃していることのほうが多かったかもしれない。もう何年もまえのことでも、それに気づくと冷や汗がでた。

「あの、はるかさん、マッサージをしていて、相手の人の気もちってわかるものですか」

エステティシャンは体重をかけて、腰の筋肉をほぐしている。

「完全に人の心がわかったりなんてしないですよ。でも、すくなくとも施術をしているあいだは、相手の人と波長をあわせようとします」

想像もしなかった返事がもどってきた。セックスの最中でも、あるいは手をつないで散歩している途中でもいい、果たして自分はそんな気もちで女性に接したことがあっただろうか。ヤノッチが黙っていると、はるかはいった。

「うまく相手のお客さまとシンクロすると、一時間があっというまにすぎてしまうんです。相手が感じる気もちよさが跳ね返ってきて、こちらの身体もほんのりあたたかくなります。ですから、わたしはこうしてマッサージをしてる時間が、仕事のなかでも一番好きなときなんです」

そうだったのか。ただセックスをしたいだけでなく、そんなふうな気もちで女性の肌にふれたことが何度あっただろうか。これがゲームの企画書なら、メインコンセプトとして最初のページに大書してもいいくらいである。相手への想像力と感覚のフィードバック。それが肌をふれあわせる者同士の基本なのだ。なぜ、誰もそういう初歩的なことを教えてくれなかったのだろうか。人生を三十三年分損した気になる。

「今、矢野さんは興奮していますね。背中に力がはいったし、すこし汗もかいています」

ずばりといいあてられてしまった。こうなったら観念して、身体をすべて相手にゆだねてしまおう。楽器にでもなったつもりでいいのだ。プレイヤーは相手で、こちらは加えられた力に反応するだけにすぎない。

「それ、すごくいい感じですよ。身体がやわらかくなりましたよ」

同時に肌のおもてをすべる指先への感覚が鋭くなった。背中からおりていった指先は、太ももの裏とふくらはぎをやさしくもみほぐしていった。目を閉じて、しばらく足に神経を集中させると、つぎにはるかがどんなマッサージをしようとしているのか、予想できるようになってくる。ヤノッチは微妙に足のむきを変えて、施術がしやすく、自分も気もちがいい体勢をつくった。

「なんだかシンクロしてきたみたいです。矢野さん、わたし、とても気もちいい」

ヤノッチは反省していた。セックスというのはただの排泄行為ではなかったのだ。いや、それはセックスに限らないのかもしれない。こんなふうに感覚と感覚をすりあわせ、肉体的な接触がないときには、心と心をかよわせる。異性とつきあうというのは、本来はそういうことではなかったのだろうか。

「でも、気もちいいことばかりじゃないんですよ。マッサージをしていて、あとでずーんと疲れることがあるんです」

「へえ、そんなこともあるんだ」

はるかは足の裏をていねいにほぐしてくれた。

「うちにはネイル、フェイシャル、ボディとそれぞれ別な担当があるんですが、同じお客さまにサービスしたあと、みんなひどく落ちこみますから。そういうかたは、あまり多くはないんですけど。悪い気がでている人というか。なかにはあとで重い病気だとわかったかたもいました」

手がとまった。はるかがいう。

「ちょっとごらんになってください。迷信だと思うかもしれないけど、エステティシャンには悪い気を避けるっていうおまじないで、水晶を身につけている人が多いんですよ。やはり直接お客さまの身体にふれる仕事なので」

ヤノッチはドーナツ型のクッションから顔をあげた。振りむくように首をあげて、はるかを見あげる。ピンクの制服の胸には、糸のように細い金のネックレスがさがっていて、その先には小指の爪ほどの丸い水晶のペンダントトップが光っていた。

「ふーん、どんな仕事にもおもしろいならわしがあるもんだね。水晶かあ。ぼくも魔除《まよ》けに身につけてみようかな」

はるかはまたふくらはぎのマッサージにもどった。ローズマリーとラベンダーの香りとゆるやかなメロディをつなぐクラリネットの響きがちいさな暗い部屋のなかを満たしていた。うとうとと眠気が襲ってくる。

「さっきマッサージをしている最中、こちらのほうもぽかぽかとあたたかくなるプラスの波動がでている人の話をしましたよね」

寝ぼけたまま、ヤノッチは返事をした。

「……うん」

はるかはためらうようにいった。

「矢野さんも、かなりいい感じです。とってもセンスがいいみたい。わたしたち、あうかもしれませんね」

はるかはまだ二十代なかばだろう。健康的で、愛らしい女性である。ヤノッチの心地いい眠気は、そのひと言で吹き飛んでしまった。まだまだマッサージの時間はある。これから、どうしたらいいのだろうか。

22

体育会系のエステティシャン・はるかが体重をかけて、ヤノッチの腰に親指の先を沈ませた。一日中パソコンの画面にむかってゲームのプログラムをつくっているヤノッチは、腰痛が職業病である。

「痛っ、痛っ……」

あとは言葉が続かなかった。

「だいじょうぶですよ。力を抜いてください。最初は痛いですけど、すぐに楽になりますから」

マットのうえで紙パンツ一枚で横になっているのだ。しかも、無防備な背中をマッサージされている。うつぶせで顔はドーナツ型のクッションに押しこんでいるので、フローリングの床しか見えなかった。こうして一方的にサービスされていると、美紗子のいうとおり自分が女性にでもなった気がするから不思議だ。

はるかの指が腰の筋肉にまっすぐはいってくる。痛みは激しいが、力を抜いていると、痛みとともに筋肉がほぐされていく快感もあった。自然にヤノッチは深呼吸を繰り返していた。

「いい感じです。矢野さんの反応、すごくリラックスして自然ですよ」

はるかの両手が腰から肩のほうにあがってきた。

「肩もすごく凝ってますね。お仕事がいそがしいのはわかりますけど、ご自分の身体の声をきちんときいてあげないと、いつか壊れてしまいますよ」

そのとおりなのだろう。だが、日本の会社では従業員をむやみに働かせるのだ。残業につぐ残業の毎日である。しかも無給のサービスだった。適度な休息が精神にも肉体にも必要なことはわかっているが、それはこの国の社会が許してくれなかった。

それよりも気になるのは、背中にふれる弾力のある丸みだった。ハーブオイルとマッサージで敏感になった背中に、はるかの胸がときおりかするようにあたっているのだ。こちらのほうは本来のエステの施術とは違うのだろう。ヤノッチは心のなかで自分の下半身を叱っていた。

（こら、大人しくしてろ）

うつぶせになっていてよかった。紙パンツのなかで、ペニスが半分だけ元気になってしまった。ヤノッチはあわてて、なにか話題を探した。このまま自分の身体にばかり神経を集中させていたら、危険なことになりそうである。

「さっきぼくたちがあうかもしれないって、いったよね」

はるかのマッサージは懸命だった。力がはいっているのだろう。息の荒い返事がもどってくる。

「……はいっ、そんな感じがします……」

「そういうのって、手でふれただけでわかるものかな」

肩甲骨《けんこうこつ》のまわりをもみほぐした手が、僧帽筋《そうぼうきん》にかかった。こちらは肌のしたに鉄板でもいれたように硬い。さすがのエステティシャンもうなり声をあげた。

「だいたいわかります……こんなに硬くなってると、夜とか痛んで眠れなくありませんか」

きっと習い性で鈍感になっているのだろう。逆に肩が凝っていないときの記憶がない。

「いや、別に。夜はうちに帰るとバタンキューだよ」

「そうですか、マッサージだけでなく、あたためたり、軽く運動をしたりするといいんですけど。矢野さんはさわっただけで、その人と肌があうかどうか、わかりませんか」

エステティシャンではないので、不特定多数の女性の肌にふれることはなかった。

「あとになってみると、気がつくことはあるけど、だいたいの男にはそんな余裕ないよ。だって、肌にふれるってことは、もうすぐそういう関係になるってことでしょう。ほとんどの男は夢中で、女性の肌にまで注意は払わないんじゃないかな。よっぽど荒れていたりすれば別だけど」

はるかの手は首筋に移った。こちらは声がでてしまうほど気もちがいい。

「女性は男性の身体を見てないようで、よく見てますよ。わたしはこういう仕事をしているから、男性の肌とかすごく注目しちゃいますけど」

男の肌になど違いがあるものだろうか。ヤノッチにはよくわからなかった。

「男性の場合、どういうのがいい肌なの」

一瞬、マッサージの手がとまった。

「人によって好みがあると思うんですけど、やっぱり健康的な肌がいいんじゃないでしょうか。染みとか、吹きでものがなくて、ストレスがかかっていない肌というか」

ヤノッチは個室にはいるまえの美紗子の言葉を思いだした。

「そういう一般論じゃなくて、さっき河島先輩がいってたんだけど、抱きあったときにふれる肩や背中がすごく気もちいいことがあるんだって」

はるかの手がもう一度腰にもどってきた。

「さっきよりだいぶやわらかくなってます。そういう気もちもわかります。抱き締めたときにぴたっとする身体ってありますから。でも、そういうのって、だいたい自分に似たタイプの人が多いみたいな気がします」

「へえ、はるかさんはどういう人がタイプなの」

別にヤノッチは若いエステティシャンを口説こうと思ったわけではなかった。ただマッサージを受けているのが心地よくて、適当なことを話しているだけである。自分の身体を相手にまかせてしまうこと。それがこれほど楽で気ままなことだとは思わなかった。

「わたしはやっぱりスポーツマン系の人がいいです。身体を動かすのが好きで、ちゃんと肉体の手いれをしてる人かな」

「ははっ、じゃあ、ぼくはぜんぜんダメだな。運動なんて、大学卒業して十年以上してないよ。地下鉄の階段の上り下りとキーボードをパチパチやるくらいで精いっぱいだ」

腰の筋肉からわき腹にはるかの手がおりてきた。マッサージの気もちよさとは別な快感で、声がでてしまいそうになる。うつぶせで背中を自由にされるのは、つぎになにがくるのかわからないおもしろさがあった。美紗子のいっていた女の子の気もちというのは、こういうものだろうか。自分を投げて相手にまかせているのだが、同時に不安な感じもなくならない。自分では見えない背中がひどく気になった。

「あの、ぼくの背中って、染みとかぶつぶつとかできてないかな」

はるかがくすりと笑った。

「矢野さんの肌は肌理《きめ》が細かくて、なかなかきれいです。男の人にしたらめずらしいくらいだと思います」

そういわれただけで、なぜかうれしくなるから不思議だ。ヤノッチは自分の背中の肌のことなど、生まれてから三十三年間考えたこともなかった。自分の身体が誰かに見られ、評価されるなどという状況を想像もしていなかった。男はぼんやりと生きているものだ。

「あのさ、今日のマッサージの課題の話なんだけど」

「先ほどのですね」

「なるべく女性になった気もちでマッサージを受けるようにっていうんだけど。どうしたら、いいのかな」

うーんとうなって、はるかが腰と尻のつなぎ目をてのひらで押しこんできた。

「うちのオーナー、ときどきむずかしいことというんですよね。あとで考えると、はっと気づくときがあるんですけど、いつもはわからないことのほうが多いかな」

ヤノッチは笑ってしまった。静かな環境音楽の流れる薄暗い小部屋のなかである。マッサージを受けていると、ひどく親密な雰囲気になった。昔からの友人と話しているようである。目を閉じていると、眠くなってしまいそうだ。

「ぼくもそうだよ。だいたい美紗子先輩は、もてない独身男を教育して、魅力あるモテ男にするっていうけど、エステにかよったくらいでもてるようになるなら、みんないくらだって金をつかうよね」

腰骨の横のあたりを円を描くように若い女性の指が動いていた。そんな場所に自分の弱点があるのに、ヤノッチは初めて気づいた。ため息が漏れないよう唇をかんでこらえる。

「でも、オーナーのいうことだから、なにか理由があると思います。すごく賢い人なので、できもしないことは決していわないんじゃないかな。でも、もてるようになったら、矢野さんはどうするんですか」

以前のガールフレンドに振られてから、つぎの相手が見つからなかった。とにかくもてるようになりたいと思うばかりで、その先のことを考えたことはない。

「うーん、どうだろうな。もてるようになって、恋人ができたら、結婚とかするのかなあ。あんまり実感ないけど」

ヤノッチの周囲にいる男友達はまだ七〜八割が独身だった。みな、自分の趣味と生活をたのしんでいる。ステディのガールフレンドがいるのは、そのうちの半数くらいだろうか。

「それで、結婚したらどうするんですか」

結婚の先に男と女のゴールなどあるものだろうか。

「結婚したら、ずっといっしょに年をとって、子どもなんかもできるんじゃないかな」

将来のイメージなど、まったくなかった。はるかが鋭いところをついてくる。

「もてるようになったら、結婚したあともずっといろいろな女性から迫られるようになると思うんですけど、矢野さんはそういうときはどうするんですか」

たのしそうでもあるけれど、ずいぶんと面倒な気もした。はるかのいうとおりなら、男も女ももてるということの先に、どんな最終目標をもっているのだろうか。だいたいそんなに先のことは、ヤノッチにはわからなかった。子どもをもつ親の気もち、妻と暮らす夫の気もち、それどころか、直近の目標であるもてる男の気もちさえ想像ができない。

はるかが壁の時計に目をやっていった。

「あと五分になりました。どこか、マッサージの足りないところはありませんか」

もう一時間がたったのだ。初めて会った女性とずいぶん深いところまで話をしたような気がした。

「すこし痛いけど、気もちいいから腰をお願いします」

若いエステティシャンは精いっぱいの力で、棒のように固まったヤノッチの腰をほぐし始めた。

「わたし、思うんですけど、もてることの先にもっと大切なことがあるんじゃないでしょうか。それがわかったら、きっと異性にもてることなんて簡単だし、どうでもよくなるんじゃないかな。そんな気がします。うちのオーナーとは関係のない、わたし個人の意見ですけど」

ヤノッチはうつぶせのまま、床にむかっていった。

「そうなのかもしれない。考えてみるよ。マッサージ、すごくよかった。ありがとう」

「いいえ、こちらこそ、どうもありがとうございました」

ハーブオイルによる六十分間のマッサージは、身体だけでなく、ヤノッチの心にもあたたかな灯をともして終了した。

23

「お疲れさまでした。矢野くん、マッサージ、どうだった」

個室の扉を開けて、河島美紗子が顔をのぞかせた。紙パンツ一枚で上半身を起こしていたヤノッチはあわてて、タオル地のガウンを羽織った。

「いや、すごく気もちよかったです。でも、美紗子さんがいう女の子の気もちなんて、ぜんぜんわかりませんでしたけど」

はるかがていねいに頭をさげた。

「ありがとうございました。次回のご来店をお待ちしています」

オーナーがきたせいだろうか、態度がよそよそしくなっていた。マットに敷いていたタオルを片づけると、会釈して個室をでていってしまう。ピンクの制服を着た背中を見送った。胸だけでなく尻のボリュームも見事なものだった。スリムなロリータ体型が好みのヤノッチにはめずらしく、左右に揺れる量感に目を奪われてしまう。

「さあ、こちらにきてください」

美紗子がドアを押さえていてくれた。ヤノッチはマットをおりて、スリッパをはき、ガウン姿で美紗子といっしょに廊下を歩いていった。夜が遅いせいか、ほかの客を見かけなかった。連れていかれたのは、机のならんだ教室のような部屋である。

「じゃあ、こちらにどうぞ。そこに立って」

机にはサロン・ド・アクアの制服を着た若いエステティシャンが六、七人ほど座っていた。全員が机のうえになにか紙を広げて、手にペンをもっていた。視線がヤノッチに集中する。頭から足の先まで、なめるように観察された。紙パンツ一枚で裸の身体に、ガウンを羽織っただけの格好である。ヤノッチは当然ながら、ひどく落ち着かなかった。こんなふうに女たちから視線を浴びた経験は、これまでどんな合コンに出席してもなかった。

「はい、みなさん、時間です。チェックはすみましたか」

女たちが紙になにか記入していた。美紗子はいった。

「じゃあペーパー集めます。提出した人から、部屋をでていってください」

エステティシャンは教室のまえにいる美紗子にA4のコピー用紙をだし、軽くヤノッチに一礼して開いたドアからでていった。ふたりきりになると、美紗子は紙を整えて、教室の後方にある扉にむかった。開いて、声をかける。

「小林くん、堀部くん、こちらへ、どうぞ」

ガウン姿のふたりが教室にはいってきた。落ち着かない様子だ。ホリブが不安げにいった。

「さっきの女の子たちのチェックって、なんだったんですか」

コバも薄い頭を気にしながらいった。

「ほんと、じろじろ見られるの慣れてないから、変な感じだったな。ヤノッチも観察されたのか」

うなずいていった。

「三人とも、サロンの女の子たちのさらし者になったんだな。美紗子さん、マッサージはともかく、今の男子観賞会にはどんな意味があったんですか」

三人の振られ男はすこし離れた席にばらばらに腰かけた。美紗子はホワイトボードを背にして、腰に手をあて微笑している。

「さっきみなさんに課題をだしたのを、覚えているかしら」

「はいっ、はいっ」

ホリブが右手をあげると、胸の脂肪がゆさゆさと二度揺れた。

「はい、堀部くん」

「美紗子姫からの注文は、なるべく女の子の気もちになってみるようにというものでした」

エステサロンの女性オーナーは、笑顔を崩さなかった。

「堀部くんは、なにか気づいたことがありましたか」

ハーブオイルが残っているのだろう。ホリブの太った首筋が油でてかてかに光っていた。

飲料メーカーの営業マンは得意の業務用のもみ手をしている。

「いやあ、別に。身体を相手にまかせちゃうのって気もちいいなあってくらいかな」

「小林くんは」

信用金庫の顧客係は、困った顔をした。

「なんだか落ち着かなかったです。お尻近くまで裸だったし、なんだか背中を見られて、笑われているようで。だいたいお尻の割れ目って、ばからしい形をしてると思いませんか」

神経質で心配性のコバらしい意見だった。ホリブがちゃかした。

「おまえ、そんな暗いことばかり考えてるから、毛根にストレスがかかるんだよ」

「うるさい、メタボ」

デブとハゲのネタは、ふたりの定番だった。美紗子は無視して、ヤノッチのほうに目をむけた。

「矢野くんは、どうだった」

順を追って思いだしてみる。

「最初はガウンを脱ぐのに抵抗がありました。初めての女性のまえで、肌をさらすから。緊張してなかなかリラックスはできなかったかな。ホリブがいうようにあきらめて相手にまかせると、気もちがよかったけど、そこまでいくには時間がかかったかな。それからは、マッサージをしてくれている人のことをたくさんしりたくなりました。がんばって女の子の気もちになろうとしたけど、六十分のあいだに感じたのは、それくらいかな」

美紗子は満足げにうなずいた。

「みなさん、上出来よ」

ヤノッチは軽く右手をあげて質問した。

「でも、最後のはなんだったんですか」

美紗子は手元のコピー用紙に目を落とした。

「これはアンケートだったの。目のまえにいる男性のチャームポイントをみっつ、直したほうがいいところをみっつあげるようにって、あの子たちにはいっておいた。仕事だから、みんな必死で三人のことを観察していたでしょう」

それがあの冷たい視線の原因だったのか。売りものにされて、自分の値段をつけられているようだった。ガウンしか身につけていなかったので、素の肉体を値踏みされた感覚もある。ホリブがいった。

「それが、もてる男になるために、どんな効果があるんですか」

美紗子が軽く頭をさげた。

「嫌な気分にさせてしまったら、ごめんなさい。でも、みなさんには、いつも誰かに美しさを比べられて、魅力や欠点を探される女の子の気もちというのを、感じてほしかったの。三人には今日だけのことかもしれないけど、多くの女性は生まれたときから、外見や肉体の魅力や欠点を、嫌というほど人から見られているの。もちろん女性同士でも点数をつけあうしね。それが、どんなふうに重荷になるか、傷つけられることか、わかってもらいたかった」

コバがぽつりといった。

「なんだか、ぼくは査定されているような気がしました。自分という人間の担保価値を決められているような感じで」

生まれ落ちたときから、容姿で差別を受ける女性という生きものの不思議と大変さをヤノッチは考えた。女性はペットのような愛玩動物ではない。だが、この世界のある面ではあきらかに、ペットと同じ扱いを女性たちは受けているのだ。美紗子は淋しそうにいった。

「でも、さっきのはまだいいほうだと思う。男の人のなかには、女を自分よりもしただと思いこんで見ている人もたくさんいるから。誰かにそんなふうに見くだされて、欲望の対象としてしか見られない。そういうのは、ひどく傷つくものよ」

ホリブがのんきな声をあげた。

「なるほどねえ、女として生きるっていうのは、なかなか大変なんですね。男も一生働かなくちゃいけないからしんどいけど、ずっと他人にブスだ美人だといわれる人生もつらいよなあ」

「そうね、一年に何百時間も化粧とお肌の手いれに費やして、何十万円も化粧品を買う。もちろん、そこに楽しさもあるんだけど、そういう女性のしんどさをわかってくれると、男の人も素敵だなって、わたしは思うんだ。じゃあ、これで今日のレッスンは終了します」

コバがあわてていった。

「ちょっと待ってください。女の子の気もちがすこしだけわかったのはいいけど、だからどうしたらいいんですか」

美紗子は一瞬だけ笑って、厳しい顔にもどった。

「それは各自で考えてください。自分なりのオリジナルな対応がきっとみつかるはずよ。じゃあ、最後だから、うちの女の子たちがみなさんを見てチャームポイントだと感じたところを教えてあげる」

オーナーはコピー用紙をぱらぱらとめくっていった。

「まず最初に堀部くん。優しそう。包容力がありそう。なんでも許してくれそう。冬でもあったかそう」

コバがいった。

「なんだよ、だいたい体型から連想しただけだな」

「つぎは、小林くん。まじめそう。落ち着いていそう。貯金が多そう。浮気しなさそう」

今度はホリブがいった。

「おまえのケチな感じともてないところを正確についてくるじゃんか」

美紗子は笑って、最後にヤノッチのほうを見る。

「矢野くんのチャームポイントは、繊細そう、マニアックな趣味がありそう、パソコンや家電に強そう」

コバがぼそりという。

「だいたいはおたくの属性だな」

「うるさいんだよ、薄毛」

タオル地のガウンを着た三人は、エステサロンの一室で顔を見あわせて笑い声をあげた。

気もちのいいマッサージを受けただけでなく、なにか大切なことをひとつ学んだような気がする。それを最終目標のもてる男になるためにどうつかえばいいのか、ヤノッチにはまるでわからなかったが、ひと晩の成果にしたら、これで十分だと思った。

「さあ、シャワー浴びて、どっかのみにいこうぜ」

ヤノッチがそういうと、ホリブとコバがシャワーの順を争って、廊下に走りでていった。

「みんな、なかなかいい反応だったわよ」

美紗子がふたりを見送ってそういった。

「そうですね。ぼくも今回はすごく新鮮でした。まったく予想外のところに性感帯ってあるんですよね」

美紗子が華やかに笑って、さよならの手を振った。ヤノッチは夜の照明になった暗い廊下をロッカールーム目指して歩きだした。

24

爽やかに暑い初夏の土曜日の午後だった。ヤノッチとコバとホリブの三人は、サロン・ド・アクアのミーティングルームに集合していた。休日の呼びだしは、もてない男をモテ男に改造する男性エステ特待生コースが始まって初のことである。

ヤノッチは「科学忍者隊ガッチャマン」が胸にはいったTシャツに穴開きジーンズ、コバは白いシャツに紺のカーディガンと紺の綿パン。巨漢のホリブはオーバーオールにアロハを重ねていた。ヤノッチが長髪をかきあげていった。

「ホリブ、休みの日のおまえのカッコ、深夜番組のデブタレみたいだな」

さっきいっしょに恵比寿ガーデンプレイスのイタリアンで、大盛りパスタをたべたばかりなのにホリブはチョコバー二本をまとめてかじりついていた。

「おまえのほうこそ、秋葉原のおたくみたいだろ」

黙っていたコバが両手をあげた。

「まあまあ、ふたりとも抑えて」

この男はいつから、こんなに人あたりがよくなったのだろうか。学生時代はいっしょに古いイギリスのパンクロックを探してはCDを交換していたものだ。日本では仕事でその人間の性格や基本的な価値観まで変わってしまうのかもしれない。

「おまえこそ定年退職したおやじみたいなファッションはやめろよ」

信用金庫の顧客係は自分のカーディガンの袖をつまんだ。ちいさな毛玉をとりながらいう。

「しかたないだろ。おれ、こういうのしかもってないんだから。なんかサラリーマンも十年やると、私服なんてほんとにどうでもよくなるよな」

大学時代からの腐れ縁の三人は、北欧製のテーブルとチェアが整ったミーティングルームで顔を見あわせた。もう男性改造コースが始まってから二カ月になる。春はいつのまにか夏になっていた。フェイシャルやボディのエステは続いていた。おかげで三人の顔はぴかぴかだが、まるでモテ男になった気配はない。ヤノッチがつまらなそうにいった。

「おい、ホリブ、おまえ、最近もてるようになったか」

チョコバーを口にしたまま清涼飲料水メーカーの営業マンは首を横に振った。

「エステのおかげで、四キロくらい体重は減ったけど、ぜんぜんもてて る実感ないな。そういうおまえは、どうなんだよ、ヤノッチ」

「毎日会社で仕事してるだけだな。出会いもないし、この特待生コースで『モテ力』があがったとも思えない」

コバがうなずいていった。

「こっちも同じだ。でも、ゲーム制作会社って、若い女の子もいっぱいいるんだよね。そういうのはダメなの」

ヤノッチはじろりとコバをにらんだ。

「あのな、おたくは女おたくが嫌いなの。あんな王子様育成ゲームばかり、ぴこぴこやってる女とつきあえるか」

ホリブのアロハのわきのしたには、汗の染みが丸く浮かんでいた。

「そういうヤノッチだって、エロゲーばかりやってんだろ。おまえは彼女がいるときだって、新しいエロゲー買いこんでいたじゃないか」

「リアルな彼女と、二次元は別腹なんだよ。人の趣味をとやかくいうな、デブ」

コバがため息をついていった。

「それにしても、ぼくたちはなぜ高いお金を払って、こうしてエステサロンなんかにかよっているんだろうな。ぼくもぜんぜんカッコよくなった気はしないしなあ」

ヤノッチはオーガニックカフェのような木質の室内を見わたしていた。確かになぜ、こうしてあまり成果の実感できないエステがよいを続けているのだろうか。三人でいつもの掛けあい漫才をするのはたのしい。オーナーの美紗子先輩はきれいだ。簡単にもてるようになったら、それはそれでうれしいだろう。

けれども、そんなことよりなにもないオフタイムが淋しいからではないだろうか。久々に土曜日の予定を埋められて、ヤノッチは安心したのである。ひとりきりの週末とひとりきりの夜は耐えがたかった。なぜか三十を越してから、孤独がひどく重く感じられるようになっていたのだ。若いころはひとりぼっちでも、まったく平気だった。自分の趣味をたのしんでいるほうが、面倒な女たちとつきあうよりもずっと有意義に感じられたのである。

「こんにちは、みなさん」

ドアが開いて、河島美紗子がはいってきた。清潔感のある白いワンピースには真珠のような光沢があって、ひどく高級そうだった。ホリブが額から汗の玉を落としてつぶやいた。

「なんか、美紗子さんは部屋にはいってきただけで、いいにおいがする」

「うるさい、デブ」

ヤノッチとコバの声がちいさく重なった。美紗子は平然と微笑んで、開いたままの戸口を見た。

「今日は新しい講師を紹介します。篠田真紀《しのだまき》さんです、どうぞ」

黒いパンツスーツを着た細身の女性だった。年齢は三十代なかばだろうか。メガネをかけた気の強そうなタイプだ。あまり美人とはいえないが、目の離れた個性的な顔立ちをしている。

「篠田さんはわたしの高校時代の同級生で、日本とフランスの大学で文学と美学を専攻しました。みなさんには女性にもてるための基礎的な教養を教えてもらいたいと思います。これまでは主に外見の美しさを磨いてきたわけですが、これからはいよいより重要な内面の美を身につけてもらいます」

軽く頭をさげて、真紀が口を開いた。皮肉そうなしゃがれ声は、女性にしては低かった。

「美紗子はあんなこといってますけど、わたしはただのフリーターですから」

自嘲気味で続ける。

「どっかの大学に潜りこもうと思ってあれこれ活動してるけどなかなか狭き門で、准教授への道は険しいです。それでしかたなく予備校や塾で教えて、大学でも何コマか講師をして、ときにはこうやっておかしな仕事も引き受けています。正直いって、わたしは正社員のみなさんがうらやましいです」

月に百時間近くサービス残業することもあるゲーム制作会社の仕事がうらやましいのだろうか。ヤノッチは手帳を開いた。会議のときの癖である。メモをとる振りをして、勝手な空想にふけるのが子どものころから好きだった。

「えー、いくら大学院をでても年収が二百万円台で、明日をもしれない身では、安心して暮らしていけないです。どうにかなんないもんですかね。わたしは、人がもてるようになることより自分の身が心配です」

やれやれ困った講師だった。この調子で、ほんとうに教養など身につくのだろうか。美紗子はにこにこと笑って、同級生を見ている。すると真紀の声の様子が一変した。

「ただし、仕事として受けたからには、きちんと教えることにします。わたしは教えることのプロですし、講義は徹底的に実用主義です」

もてるための実用的な教養。そんなものがあるのだろうか。この講師のいうとおりなら、ワンセット百万円でも日本中の男たちはほしがるのではないだろうか。ホリブが太った声でのんきにいった。

「あの、先生、ほんとに教養がつけばもてるようになるんですか」

新任の講師はあっさりといった。

「ええ、なりますよ。ルックスと経済力と性格と教養。このよっつが男性のもてのポイントですよね、うんと単純化してしまうと。ルックスは生まれつきの部分がおおきくて、簡単には変わりません。経済状況を飛躍的に向上させるのも短期的にはむずかしい。性格だって大人になってしまうと、変えることはめったにできない。とすると、みなさんになにができますか。はい、あなた」

真紀は手にしたボールペンの先でホリブを指した。

「教養を身につける？」

「そうです。それもヨーロッパの古典をそれぞれの国の原語で読むような本格的な教養である必要はありません。ほとんどの女の子は、ほんものの教養ではなく教養や文化の香りに弱いからです」

おもしろいことをいう講師だった。ヤノッチは手帳から目をあげて、冷たく笑う院卒フリーターに注目した。

「みなさんは渋谷のセンター街をふらふらしてるギャルとつきあいたいわけじゃないですよね。ただかわいいだけでなく、素敵な恋愛ができて、いつかは一生をともに闘う頼りになる戦友としての女性を求めている。昔ながらの男性のいいなりになる頭の悪い女なんて、ほしくはありませんよね」

ずばりとストレートに内角をついてきた。かわいくてグラマーなら昔風もいいだろうが、それよりもベストなのはこの講師のいうとおりである。いざというとき頼りにもなる女性だ。世間の荒波と闘うなら、ひとりよりふたりのほうがいい。コバがいった。

「じゃあ、カッコだけ教養ある振りをすればいいんですか」

「それはダメです。おかしな背伸びや知ったかぶりは、女子には禁物です。会話の端々に実際の教養のありなしは自然にあらわれてしまいますから」

ヤノッチは興味をひかれて口を開いた。

「でも、ほんものの教養を育てるには何十年もかかりますよね」

真紀はにっこりと笑った。

「はい。ほんものの教養だとか、完璧な教養というのは、実際には存在しません」

「だったら、どうするんですか」

新しい講師は、そこで内ポケットに手をいれた。抜きだした指先には三枚の五千円札がつまれていた。ふれたら切れるような新札である。

「だから、わたしの講義は実践的なんです。これから、恵比寿の駅ビルのなかにある書店にいってもらいます。ひとり五千円で、好きな本を三冊買ってください。ただし、仕事関係の本は買ってはいけません。購入後になぜその本を選んだのか、各自説明してもらいます」

「えー、ほんとかよ」

おおきな声をだしたのはホリブだった。真紀は三枚の五千円札を、三人の頼りない特待生のまえにおいていく。

「さあ、いきましょう。その三冊の本で女の子を口説くつもりで、せいぜいセンスを見せてください」

美紗子と真紀はさっさとミーティングルームをでていった。残された三人は五千円札を手におたがいの顔を見あわせていた。

25

エスカレーターをあがって、女性もののブティックを抜けると、大型のチェーン店が見えてきた。明るい売り場にはぴかぴかの新刊が平積みされている。土曜日の午後で、来客はかなりのものだった。制限時間は三十分という。レジまえの棚で立ちどまり、ホリブがいった。

「おれ、サラリーマンになってから、ぜんぜん本屋にきてないや。どういうのが、女に受ける本なのかな」

コバも心細げである。

「自分の好きなやつならいいけど、女の子にセンスいいと思わせる本なんてわからないよ。そういうのは、ゲームクリエーターなんだから、ヤノッチのほうがくわしいだろ」

ヤノッチは昼間の明るい書店に目をむけた。本屋の店先にいるのは、七割ほどが女性だった。学生はともかく、自分たちと同じような三十代以上の成人男性は少数派である。コバがぽつりといった。

「そうか、本屋って、こんなに男の客がすくなかったんだな」

同じことをヤノッチも感じていた。多くの本が女性をターゲットにするのも、あたりまえかもしれない。男性読者は単純にすくないのだ。この国の本の多くが女性むけのものになるのも無理はない。ヤノッチがいった。

「こっちも最近は新刊のチェックぜんぜんしてないから、そんなのわかんないよ。だいたいおれみたいなおたくの趣味は、普通の女の子には受けないからな。それに三人で同じ本選んでも、おもしろくないだろ。ここは各自、自分の頭をつかうことにしようぜ」

ホリブが頭を抱えた。

「おれ、本屋でなにがどこにあるのか、まるでわかんないよ。これだけ本がたくさんあると目がまわりそうだ。横になってマッサージされてるだけのほうがよかったな」

ヤノッチがちいさな声でいった。

「ここで解散だ。みんな、成功を祈る。じゃあ、三十分後にな」

三人は初めて訪れる書店の数万冊の本の海のなかに、ばらばらに消えていった。

さて、どうしたものだろうか。ヤノッチはぶらぶらと雑誌の棚のあいだを歩きまわりながら考えた。女というのはきれいな写真集とか、絵本とか美術書が好きなものだ。大判の豪華で、きれいな本が狙い目ではないだろうか。手のなかの五千円札を見た。これだけ軍資金があれば、自分でならまず買わない美術書を買っておくと、カッコいいかもしれない。ヤノッチはアートブックのコーナーにむかった。絵画や版画に彫刻、どんなふうに鑑賞したらいいのかわからないコンセプチュアルな現代美術の本が、びっしりと棚に挿さっている。適当に抜きだして開いてみたが、どれもやたら深刻でしかつめらしく、しかもとても五千円では買えないような高価な本ばかりだった。最終的に価格を決め手に選んだのは、白黒の花ばかり撮ったなんでもない写真集である。

それから文芸書のコーナーに移動した。やはり女というのは、小説が好きなようだ。しかもヤノッチの好みではまったくない恋愛小説などという不思議な代物である。自分の恋の話ならともかく、架空の他人の恋の話を読みたがる女心は、ヤノッチには理解できなかった。ここでもとくに好きだというわけではないが、話題になっている新刊小説を選んだ。カバーの新緑の散歩道がきれいだったからである。『道草ＤＡＹＳ』は大学生の男と会社員の年上女性の淡い恋を描いた恋愛小説だという。

まるで興味のない本を二冊選んでしまったヤノッチは、最後は自分の好きな本を買うことにした。フランスのアニメ作家のカラーコミックで、日本のもののように子どもむけではなかった。奇怪な未来都市を舞台にヌードやベッドシーンがたびたび登場する。レジにならんでいると、となりの列にホリブの顔が見えた。本屋などめったにのぞかない営業マンがにやりと笑っていった。

「ヤノッチ、さっき美術書のコーナーにいただろ。あれを見て、おれも一冊アートの本を買うことにしたよ。女たちが好きそうだもんな。いいアイディア、サンキュー」

やれやれ、自分もこの太っちょと同じレベルか。ヤノッチは汗で湿った五千円札をカウンターの小皿にのせて、本をレジ係にわたした。モテ男養成コースの課題とはいえ、書店のレジに写真集や上製の単行本をのせるのは、なかなかいい気分だった。自分は別に本好きでも、教養のある人間でもないが、どことなく立派なことをしている気もちになる。レジ係の若い女性がいった。

「本にカバーはおかけしますか」

「いいや、そのままでいいです」

本をいれた紙袋をさしだすと、書店員が微笑んでいった。

「どうもありがとうございました。またお越しください」

ヤノッチはできるだけ爽やかな笑顔を見せて、いってしまった。

「こっちこそ、ごていねいにありがとう」

普段はむっつりと黙って品物を受けとるだけのヤノッチである。本というのは、もしかしたらただの商品ではないのかもしれない。ヤノッチはもちごたえのあるショッピングバッグをさげて、同じフロアにあるカフェにむかった。

26

「さて、じゃあ、それぞれの本を見せてもらいましょうか」

コーナー席に腰かけた真紀が、みっつの本の山をまえにしていった。カフェはカップルが半分、残りは女同士のふたり連れでほぼ満席だった。真紀が示したのは、コバが買った三冊の本である。信用金庫の顧客係はしどろもどろだった。

「えーっと、まず最初は、あのやっぱり女の人にはイラストとかがいいかなと思って、絵本を買いました。ウサギの絵本です」

カラフルな地色に太いマーカーで描いたような無表情なウサギが突っ立っている。この男はミッフィーというキャラクターの名前をしらないのだろうか。ヤノッチはそう思ったが、顔色を変えずに講師がいった。

「それで、つぎの本は」

「ノンフィクションで、交通事故で車椅子生活になった会社員が、パラリンピックの車椅子マラソンにチャレンジするお話です。ちょっとまえにテレビでこの人を見たことがあって気になっていました」

カバーには日焼けした顔いっぱいに笑っている車椅子のマラソンランナーが写っていた。コバは息継ぎもしないでいった。手には人気の文庫書き下ろしの捕物帳がにぎられている。

「で、最後はぼくの好きな時代小説です。江戸時代はみんなどこにいくにも、自分の足で歩いていきました。一日にできる用事なんてひとつだけだったと思うし、三十分や一時間くらい時間を間違えたって平気だった。江戸の町人には税金はなかったし、暗くなれば仕事をすることもできない。案外のんびりしたいい時代だったと思うんですよね」

最後の一冊だけが、ほんとうに好きな本なのだろう。自分と同じである。

「なるほど、わかりました。じゃあ、つぎの三冊は」

真紀がホリブの本の山を指した。

「おれはやっぱりアートだと思うんですよ。女性にアピールするには」

ホリブは横目でちらりとヤノッチを見ると得意げにいった。

「まず最初に、この印象派の画集」

ぱらぱらとページをめくると、裸婦像が連続した。

「なぜかしらないけど、女の人って女の裸が好きですよね。それで、これなんかがいいかなと思って。もう一冊はネコの写真集。むずかしいことはわかんないけど、単純にこういうの好きでしょう、みんな」

土鍋のなかで子猫が何匹か重なりあって眠っていた。ネット発で人気を集めたねこ鍋の写真集だ。興味深げにページをめくって講師はいった。

「最後の一冊は？」

ホリブが分厚い専門書をとりあげた。

「ちょっと反則かもしれないけど、これは世界の果樹園の歴史なんです。うちの会社は果汁なんかを買いつけてるんですけど、世界のあちこちにものすごい規模の巨大果樹園があるんです。オレンジ、グレープフルーツ、バナナ、プルーン。もう地の果てまで同じ木で埋まってるという。まあ、だいたいは植民地に旧宗主国の資本がつくったりしてるものなんですけど。その歴史を書いた本です」

めずらしくホリブが真剣だった。植民地だとか旧宗主国などという言葉を、この太っちょからきいたのは初めてかもしれない。真紀はうなずいて、ヤノッチのほうに目をやった。

「では、最後に矢野さん」

なんだか自信がなくなってきた。あれほどの量の書籍のなかから、つまらない本ばかりセレクトした気がする。だいたい残りのふたりと選びかたが同じなのだ。女むけの本を二冊に、自分用の趣味の本を一冊。しかたなくヤノッチはいった。

「まず最初が、花の写真集。花の写真は甘いのが多いけど、これは花を石でできたものみたいにどっしりと重厚感をもって撮影していたので」

写真集の表紙をちらりと見て、真紀はいった。

「ああ、ロバート・メイプルソープね。植物の生殖器を大理石の建築みたいに撮ったものですね。エイズで死んでしまったけど、この人にはすごいヌードの写真があります。オリジナルプリントはたいへんな値段よ。矢野さんはカメラマンのことしっていたの」

うなずこうとしたが、横でホリブが怪しげな顔をしていたので、ほんとうのことをこたえた。

「いえ、しりませんでした。写真がおもしろいなと感じただけです。それで、つぎの本は女性好みの恋愛小説です。まあ、おたがいに読んで感想でも交換したらいいかなと思って」

真紀がメガネのしたで右の眉毛だけつりあげた。

「それでプラス1ポイントかな。同じ本を読んで、それをネタにおしゃべりする。それは本の大切な機能だから。その本は読みました。女も三十を超えると、だんだん年下がかわいく見えてくるんだよね」

ヤノッチは最後の本を手にとった。フランスの大人むけコミックである。

「こいつはちょっとノワールな感じのSFコミックです。台詞も多くて、なんだか哲学的だし、日本のマンガとはぜんぜん違うアートっぽいところが好きなんです。昔、新しいロールプレイングゲームをつくるときに参考にした作家です」

「ベーデーね」

ホリブが質問した。

「なんですか、ベーデーって、デーブーみたいで嫌な感じだな」

自分が太っていることをネタにできるのは便利なものだった。かすかに笑って、フリーターの講師がいった。

「バンドデシネ。フランスのコミックのこと。その人はむこうでは有名な作家よ」

真紀はみっつの本の山を順番に眺めていた。コバが待ち切れないようにいった。

「それで篠田先生、誰の本が一番教養があって、女の子にもてるんですか。合格は誰なんですか。教えてくださいよ」

真紀はメガネ顔を崩して笑った。

「みんな、合格よ」

ホリブがちいさく叫んだ。

「なんだよ、それ」

あたりまえのように講師がいった。

「だからいったでしょう。教養には完成なんてないって。でも、そこに至る方法はある。今日みたいに五千円もって、月に二回書店をのぞく。それを二年三年と続けたら、自然にそれなりに教養のある人になるの。それも今回みたいにすこし背伸びして、女の子に見せてはずかしくない、教養が身につきそうな本を、無理して選び続けていけばね」

ヤノッチはつい漏らしてしまった。

「なるほどなあ」

確かに書店にいくことが習慣になるだけでも、おおきいのかもしれなかった。なにせ、休日の書店には男性の姿は数すくなかったのである。本屋をのぞきもしない男たちよりは、ずっと優位に立てるはずだった。女は文化の香りに弱いか。

にこりと笑って、真紀がいった。

「でも、女性と話すときは最初の二冊の話題はやめて、みんな自分がほんとうに好きな三冊目の話をしたほうがいいかもしれないわね。やっぱり女といえばアートブックでしょうというのは、みっともない思いこみだから」

コバのミッフィーの絵本とホリブの印象派の画集、そしてヤノッチの花の写真集。どれも無難なだけで選んだ高価な本だった。だが、きっとこうした背伸びも無駄にはならないのだろう。実際にヤノッチは恐ろしいほど厳しく撮られた白黒のチューリップが気にいっていたのだから。講師は続けた。

「教養のある人というのは、教養をすこしずつ身につけようとたのしみながら努力している人のことです。女の子を口説きたいなら、最低でも月に二回の書店がよいを忘れないでください。自分のレベルよりも、すこしだけ背伸びをするのもいいことです。これで、わたしの最初の講義を終わります」

真紀が目をあげて、カフェの入口を見た。ちょうど美紗子がはいってくるところだった。ここからは美人の先輩とたのしいお茶の時間である。ホリブは自分のとなりの椅子を引いて美紗子を待っている。真紀がいった。

「では、来週の講義の課題をだします。女性を誘って観にいける芝居を、三人で相談してひとつ選んでください。これをつかってチケットを四枚分手配してもらえますか」

サロン・ド・アクアの封筒がカフェのテーブルを三人のほうに滑ってきた。今度はデートに最適な芝居を選ぶ？　三人は首をひねりながら、エステサロンの水色の封筒を見つめていた。

27

銀座通りを歩く女性たちはすっかり秋の装いに変わっていた。まだ夏の熱気が残る通りには、木の芽のように秋色が散っている。この街では東京のほかの場所よりも、季節はひと月ばかり早く訪れるようだ。買ったばかりの秋の新作を女たちは見せびらかしたくてたまらないのだろう。

「だけど、なんなんだろうな。いきなり銀座で集合なんて」

そういうホリブはだぶだぶの横縞のラガーシャツに、カーキ色のこれも太目のコットンパンツをはいていた。

「そうだよね、しかもさ、初めてのデートにでかけるときの格好をしてきてくれって。おかしな注文じゃないか」

薄毛の信用金庫マン、コバは銀座という街に緊張しているようだった。こちらはいつも会社で着ている紺のスーツに、シャツだけ妙に派手な紅白のストライプ、ネクタイはなにを間違えたのか、鮮やかな黄色である。ヤノッチはうんざりしていった。

「おまえ、自分のファッションが目ざわりじゃないのか。なんだか信号機の三色を全部つかってるみたいだな」

「そういうおまえのほうはなんなんだよ。まだレザーは早いんじゃないの」

ホリブが額に汗の粒を浮かべていった。ヤノッチはダメージジーンズに黒革のライダースジャケット姿である。これでもひと足早く秋のファッションで固めたつもりだった。だが、とにかく照り返しの強い石畳は暑い。ヤノッチはしかたなくレザーを脱いで、Tシャツ一枚になった。長髪なので、さらに暑さがつのる。

「まったく秋になったってのに、なんなんだよ、この暑さ。地球温暖化だか、なんだかしらないが考えられないな」

ホリブもヤノッチもコバも、おしゃれな女性がゆきかう歩道で汗だくになっていた。自分たちが場違いなところにいるような気がしてしかたない。すると地下鉄の出口から、やわらかな声がかかった。

「みなさん、お休みなのにごめんなさいね」

大学の先輩の河島美紗子である。にこやかに階段をのぼるたびに、すらりとした全身が視界にはいってくる。三人は口を半分開けて、美紗子のスタイルを見つめていた。金糸を縫いこんだツイードの上下は、どこかの高級ブランドのスーツのようだ。スカートはひざうえなので、丸くてかわいいひざ頭と形のいいふくらはぎが見ものだった。コバがちいさな声でいった。

「ひざのお皿なんて、男でも女でもたいして変わらないと思うんだけどなあ」

ホリブも太った声でいう。

「でもやっぱり美紗子姫はいい。おれ、ストッキングになって姫の脚をぴったり包みたい」

美紗子が階段をのぼり切って、こつこつとスパイクヒールの音を立てながら、三人のところにやってきた。いきなり振りむくと、うしろから歩いてきた黒いスーツの女を紹介した。三人は美紗子に気をとられて、まるでもうひとりの女性に気づかなかった。

「こちらがお友達のスタイリストで、下村《しもむら》イズミさん。雑誌やＣＦなんかのスタイリングをしてるの。『ウーノ・ウオモ』は見たことがあるでしょう」

ヤノッチはほとんどメンズファッション誌は読んでなかった。イタリアのちょいワルおやじなど、自分とは無関係と思っていたのだ。それでも平然とうなずいてしまう。きっと美紗子が命じれば、ホリブとだってキスをするかもしれない。

下村イズミは腕を組んで、三人のファッションを観察していた。ビッグフェイスの黒いサングラスをかけているので、表情が読めなかった。当人はシャープなカットのパンツスーツを着こなしている。タイトなジャケットのしたには、なにも着ていないのだろうか。胸元の肌が深くのぞいていた。ちなみに胸はあまりないようだ。

「えーと、あなたが堀部俊一さんですね。うーん、そういう自分の欠点を隠しましたっていう着こなしは感心しないなあ。太っている人がだぶだぶの服を着たら、もっとおおきく見えちゃうでしょう」

確かにホリブの格好は郵便ポストに運動会のテントでもかぶせたようである。ヤノッチはにやりと笑ってしまった。イズミは手のなかの紙片に目を落としていった。

「つぎのかたが、小林紀夫さんですね」

あごのしたに手をあてて、しばらくコバのスーツを眺めていた。

「普通のスーツで、デートにいくのはいいんだけど、サイジングがダメね。どうしても日本の男性は自分の身体のジャストサイズより、ひとサイズおおきな服を選んでしまう癖があるんです。小林さんはやせているし、体型は悪くないんだから、きちんと身体の線がでるスーツを選んで着てください」

ヤノッチはつい口をだしてしまった。

「下村先生、こいつのVゾーンはどうなんですか」

スタイリストはちらりとヤノッチのほうをむいた。

「あなたがゲームプログラマーの矢野巧さんですね。もちろん、Vゾーンは問題よ。でも、それは枝葉のことなの。まずスーツが大切。なぜなら、スーツというのは男性の肉体の欠点を隠して、身体を引き締まって美しく見せるものだから。彫刻みたいにね。葉っぱよりも、木の幹のほうが大事でしょう」

ヤノッチはダビデ像を思い浮かべた。ここにいる三人には誰ひとりあれほど見事な筋肉や骨格をもっている者はいなかった。ひょろひょろか、デブのどちらかである。だいたいスーツというのは西洋人の身体にあわせてつくられたものだろう。日本人の肉体的な欠点まで助けてくれるのだろうか。

「シャツとネクタイの組みあわせは、よくわからなければ、あまり冒険せずに同系で押さえておけばいいの。派手なイタリア男の真似なんかしなくても、だいじょうぶ」

なるほど、さすがにプロでおもしろいことをいうものだった。イズミのサングラスが今度はヤノッチを映していた。スタイリストに見られるというのは、妙に落ち着かないものだ。とくに汗だくで、Tシャツ一枚の姿でいると。

「うーん、どこにいくにもTシャツというのは、大人になったらやめましょう。今回のテーマは初めてのデートなんだけど、矢野さんは昼と夜どちらと考えていたの」

ヤノッチはそんなことは想像もしていなかった。だが、女の子との初デートといえば、やはり夜の食事だろう。ご馳走はなかよしへの近道である。

「えーっと、どっかのレストランでディナーかな」

「だったら、レザーはやめておきましょう。レザーは夜のフォーマルな席にはふさわしくないから。洋服にもちゃんと決めごとがあります。それにダメージジーンズというのも、きちんとしたお店には似あわないかな」

きれいに全員ダメだしされてしまった。ヤノッチが革を選んだのは、実は自分のもっている一番高い服だという単純な理由にすぎなかった。美紗子がとりなすようにいった。

「みんな、気を悪くしないでね。もう授業は始まっているんですから。じゃあ、下村さん、三人を案内してあげて」

そのときホリブが右手をあげていった。

「あの、ちょっとすみません。今日は約束どおり金をおろしてきたんですけど」

ひとり十万円というのが、理由も告げずに美紗子からいいわたされた金額だった。三人は三十代で独身である。彼女もいないし、金のかかる趣味もない。大学をでて十年以上たっているので、貯金はそれなりにあった。これまでのレッスンで美紗子の真剣さは信用している。

「だけど、いきなり十万円なんて大金を一日でつかうのは……」

口のなかでぶつぶついっているのは、金に細かいコバだった。ホリブがどんと信用金庫の顧客係の背中をたたいた。

「まあ、たまにはいいじゃないか。六本木のキャバクラに五回いったと思えばさ」

コバがホリブの手を振り払った。

「ぼくはキャバクラにはいかないよ。居酒屋なら三十回のめる大金だぞ」

美紗子がコバににっこりと笑いかけた。

「でも、今日イズミさんに教わることは、一生つかえるファッションのコツなのよ。それで素敵な彼女ができるなら、安いものじゃないかしら」

コバはうっとりした顔でうなずいている。てのひら返しもいいところだった。これだから、男の友情というのも信用できない。スタイリストがあきれていった。

「じゃあ、いきましょう。わたしの友達がいるセレクトショップよ」

三人の振られ男とふたりの美女が、銀座通りで行進を開始した。先頭をいくのは、背の高い女性陣、そのあとをどこかふわふわした足どりでついていくのが、ばらばらな格好をした大学からの腐れ縁の三十三歳である。

表通りを裏道に折れると、銀座らしくない三人の姿はおしゃれな女性たちのあいだにまぎれて見えなくなった。

28

下村イズミがはいったのは、裏通りにあるレンガ造りの重厚なビルだった。ガラスのはまった木製の扉も分厚く、押さえているだけでかなりの手ごたえがある。若いぴちぴちのスーツを着た男性の店員が、イズミに気づいて軽く会釈してくる。

「稲葉《いなば》チーフいるかしら」

「ちょっとお待ちください。バックヤードから呼んできますから」

小魚のように反転して、店員がいってしまった。うしろ姿を見送って、イズミがいった。

「ほら、あの背中を見て。きちんとスーツのうえからでも、逆三角形のトルソがわかるでしょう。男性が身体の線があらわな女性のドレスを好きなのと同じで、女性も男性の身体のラインを見ているものなのよ」

なるほど、そういうものなのかもしれない。昔の007映画で、ショーン・コネリーのスーツ姿に見ほれたことがあった。ヤノッチは近くの棚にある枯れ葉色のVネックセーターに手をのせた。綿飴《わたあめ》のようにやわらかで、あたたかそうだ。値札を確かめる。二万八千円！　あわてて、手を離した。ホリブも金ボタンのついた紺のブレザーの値札を裏返していた。

「おいおい、見ろよ。これ一着で十二万だってさ。おれたちのもってる金じゃあ、この店だと上着一枚買えないぞ」

下村イズミが平然といった。

「このお店はうえにあがるほど、プライスも高くなるの。ここは一番リーズナブルなフロアよ」

ヤノッチは目のまえが真っ暗になった。どう考えても胸にアメコミの一場面がプリントされたTシャツは、こんな高級店にふさわしくない。

「あーら、イズミちゃん、いらっしゃい。稲葉です、よろしくお願いします」

こちらの店員もグレイフラノのスーツを、身体にぴたりとあわせて着こなしている。柄はしゃれたペンシルストライプだ。ファッションに詳しくないヤノッチにも、見ただけで高そうなスーツだとわかった。いったいいくらくらいするのだろうか。相手の着ているものの値段を気にするなんて下品だが、どうしようもない。

「ねえ、稲葉さん、男性にとってファッションって、どういうものかしら。ちょっと教えてくれない」

イズミと同じようにあごを指先で支えて、稲葉がしばらく考えた。

「うーん、むずかしいわ。わたしはこういう仕事をしてるけど、ちょっとほかの人とは違うから。でも、わたしが好きになる男の人は、決しておしゃれな人じゃないかな」

女にもてたいので、男にもてたいわけじゃないと、ヤノッチはいいたかった。美紗子はにこにこ笑いながら、稲葉を見ている。なぜ、若い女はみなゲイの男が好きなのだろうか。

「わたしはこの世界にいるから、ファッション・ヴィクティムをたくさん見ているのね」

ファッションの犠牲者、どういう意味だろうか。

「なけなしのお金を全部最新のモードに注ぎこんで、貧乏暮らしをしてる若い子がたくさんいるのよ。そういう子は、いくらイケメンでもつきあう気にはならない。薄っぺらで、本も読まない子がほとんどだから。こういうとなんだけど、ファッションの仕事してる人って、ほんとに頭悪い人が多くて嫌になる」

ヤノッチはつい笑ってしまった。ゲームのデザインやプログラマーをしているくらいだから、自分もおたくである。だが、ヤノッチもゲームやアニメの世界にしか関心のない人間は好きではなかった。そういうマニアがいなければ業界は成立しないのだが、自分のつくるゲームはできれば多くの普通の人たちにたのしんでもらいたいと思う。

「やっぱり自分の本業をしっかりとやって、そのうえで生活をたのしんでいるという余裕のある人が素敵なのね。生きることをたのしむ、その表現の一部がファッションだっていう感じかな。男性にはそれくらい軽やかに服で遊んでほしいな」

稲葉がホリブのほうに移動して、軽く肩に手をのせた。厚みを測っているのだろうか。

「その紺ブレ、着てみたらいかがですか」

ホリブは恐縮しているようだ。

「十二万もするブレザーなんて買えないから、いいですよ」

稲葉がさっとハンガーからブレザーを抜いていう。

「着るだけなら、ただですよ。これはかなりいいカシミアだから、着たら身体に吸いつくような感覚があります」

「そうなんだ」

ホリブはブレザーに腕をとおした。金ボタンをとめると、ほぼウエストはぴたりとあっていた。下村イズミがいった。

「ほら、ジャストサイズのほうが身体が締まって見えるでしょう。慣れないとちょっとキユークツかもしれないけど、そのサイズ感を覚えておいてね」

三人はそれから稲葉に先導されて、四階までつぎつぎとおすすめの服を見ながらあがっていった。三万円のシャツ、五万円のセーター、十万円のジャケット、二十万円のスーツ。最上階はフルオーダースーツのフロアで、上代（価格）は三十万円からだという。

これほどのデザインと素材とカラーの洪水を、三人は見たことがなかった。このすべてが生活をたのしむための道具にすぎないのだという。人間はなんと贅沢なのだろうかと、ヤノッチは思った。動物はいつも自前の毛皮や羽毛だけで生きている。裸の身体を飾るのは、人間だけの特権だった。

たっぷりと三十分ほど店内をまわったあとで、イズミがいった。

「さあ、つぎいきましょうか」

ホリブが驚いたようにいった。

「でも、先生、まだおれたちここの店でなにも買ってないですよ」

イズミは笑っている。だんだんとヤノッチはこの厳しい講師が好きになっていた。

「いいの。ここでは高い服に慣れて、いいお店でびびらないようになるのが目的なんだから。あとは稲葉さんの話をちゃんときいてもらいたかったの。どんなに高い服だって、たかがファッションにすぎない。大切なのは人生をたのしむこととその人の中身よ。これは男も女も関係なくね」

美紗子が階段をおりながら振りむいた。

「つぎのお店で、いよいよ買いものよ。みんな、たのしみでしょう」

今度はいったいどんな店に連れていかれるのだろうか。三人は不安な気もちを抱えたまま先をいく美人に続いて、端から端までカーペットの敷きこまれた階段を足音もなくおりていった。

29

初秋の銀座をふたりの女がゆったりと歩いていった。

ひとりは大学の先輩でサークルのあこがれのクイーン、もうひとりは現役の美人スタイリストである。さすがに服装のセンスも着こなしも完璧だった。なによりも歩くたびにゆるやかにローリングする腰骨とお尻のリズムが、実にやわらかそうだ。

三人の生徒はうしろ姿に目を釘づけにされて、ふらふらとあとをついていった。こたえられないようにホリブがいった。

「おれ、もうつぎの店はいいや。このまま美紗子姫とイズミさん、新橋まで歩いてくれないかな。なんなら、品川までいってもいいや」

通勤用のスーツに無理やり派手なVゾーンをあわせたコバが、声を抑えていった。

「ほんと、ぼくも昔は胸派だったけど、三十をすぎて変わったよ。女性は断然お尻のほうが魅力的だ。それもおおきければ、おおきいほどいいな」

ホリブが厚いてのひらで、コバの背中をたたいた。

「おまえ、自分がガリだから、でかいほうがいいんだろ。おれはやっぱりぷりっと形がよくて、つんっとうえをむいたお尻がいいな。イズミさん、なんかスポーツでもやってるのかな。形は美紗子姫よりいいかも」

いつもながら、バカらしい会話だった。だが、気がついてみると、もうこの三人で十五年もつるんでいるのだ。今さら立派なことをいってても始まらない。ヤノッチもお尻の品評会に参加した。

「だけど、やわらかそうなのは美紗子さんのほうだよな。ぼくは形がよくても、筋肉質で硬いのは苦手だな。てのひらを開いてつかんで、指のあいだに肉があふれるくらいの感じが最高だと……」

空中でお尻をもむ手の格好をしているときだった。美紗子が振りむいていった。

「もうすこしだから、がまんしてね。矢野くん、その手はどういう意味なの」

ホリブがすかさずいった。

「雨乞いですよ。最近、雨降らなくて、空気が乾燥してるでしょう。美紗子さんの肌にもよくないかもと思って、みんなで雨乞いしてたんです。ほら、コバもやれよ」

信用金庫の顧客係は両手を頭上にあげて、空を揉みほぐすように手を動かした。下村イズミはサングラスをかけたまま、じっと三人を見ている。腰に手をあてていった。

「なんだか、怪しい。いい、女には特殊な勘があって、男の人が性欲の対象として女を見てるときがわかるのよ」

美紗子がくすくすと口元を隠して笑った。

「それは別に嫌な気分じゃないけれどね。でも、ここは銀座だし、まだ明るいんだから、女はお尻が最高なんて話をしてたら、いけないいんだ」

ホリブがほかのふたりを押しのけるようにまえにでていった。

「わかりました。すみません、美紗子さん。お願いだから、もう一度やさしく叱ってください」

コバがホリブのだぶだぶのラガーシャツを引っ張った。

「おまえだけ、ずるいぞ。ぼくが一番はずかしいことをいってました。叱るなら、こっちをお願いします」

大学の後輩とはいえ、もう三十三歳の男が年上の女に叱られたくてうずうずしている。ヤノッチはあきれて、腐れ縁の親友ふたりを眺めていた。美紗子がいった。

「あらあら、ふたりともいけないんだ」

さらりというと、すぐに歩きだしてしまった。また先ほどのスローなワルツのテンポで、タイトスカートの尻が揺れだした。

「おまえたちは、最低だな」

ヤノッチがそういうと、コバがつぶやいた。

「誰だよ、こぼれちゃうくらいやわらかいのがいいっていってたの」

今ではひどく薄毛になってしまったコバだが、大学のころは豊かな髪をなびかせていたのだ。ヤノッチは親友ふたりを見て考えた。ホリブは脂肪を二十キロ増やし、コバは髪のほとんどを失った。だが、そんなことは些細な事実だった。

最初にキャンパスで出会ってからこの年まで、なんとか生き延びて、こうしてたまに遊ぶことができる。会えば、気分はすぐに十八歳に逆もどりするのだ。偉くも立派にもならず、おまけに彼女がいなくて、結婚もしていなくとも、友人というのは実にいいものだった。

歩行者天国になった銀座の中央通りにでた。四車線の路上にはデッキチェアとパラソルがならび、たくさんの恋人たちが手をつないで歩いていた。デパートはどこもぴかぴかと輝くような秋の新作をウインドウに飾っている。空高くブラシで描いたような淡い雲が浮かんでいた。

「あーあ、なんでおれたち三人には、女ができないんだろうな。カップルなんて、掃いて捨てるほどあふれてるのに」

コバの嘆きももっともだった。三人とも高給とりではないがいちおう正社員で、病気も借金も扶養家族もないのだ。なぜ自分たちがいっせいにガールフレンドに手ひどく振られたのか、ヤノッチは納得がいかなかった。

いつの間にか美紗子がとなりを歩いていた。なぐさめるようにいう。

「わたしは、もてる男の人ともてない男の人の差は、ほんのちょっとのところだと思うんだけどな」

コバがぴしゃりといった。

「でも、そのほんのちょっとが絶対に越えられない壁なんでしょう。オリンピックの百メートルだって、0・1秒の差しかない。でも、片方は金メダルで、あとはその他大勢です」

美紗子はハイヒールのつま先に視線を落として、ゆっくり歩行者天国を歩きながら考えているようだ。美人は得である。なにかを考えるだけで、絵になるのだ。

「わたしはそれは違うと思う。百メートルのゴールはひとつで勝者はひとりだけれど、恋愛のゴールは無数にあるし、勝者もたくさんいるよね。でも、今のまま男性の多くが草食化したら、この国は大変なことになるんじゃないかな」

黒いスーツのスタイリストが口をはさんだ。

「それはほんとに、そうかもしれない。わたしたちが生きているうちに人口が三千万人も減って、パートナーのいない孤独なおじいちゃんとおばあちゃんばかりの国になる可能性もある」

「だからね、このいい男養成講座は絶対に成功させなくちゃ」

ふだんはふんわりとしている美紗子の口調が政治家のようになった。

「三人には日本の未来がかかっているんだから、うちのコースをいい成績で修了して、絶対にもてる男の人になってね」

コバとホリブの声はアイドルのようにそろった。

「もちろんです」

少子化は深刻かもしれない。老人ばかりの過疎国家という未来もうれしくはない。それにしても、この三人に日本の将来を背負わせるのは、あまりに荷が重いのではないだろうか。デブの飲料会社営業マンとハゲの信用金庫顧客係、それに十年も髪型とファッションを変えていないおたくのゲームデザイナー。

どうせ未来を託すなら、ブラッド・ピットやウィル・スミスにしてもらいたいものだ。

そのほうが観客もきっと納得することだろう。

この三人では未来はぱっとしないに決まっているではないか。

30

「えっ、ここでいいんですか」

ホリブがうなった。中央通りに面して、明るいガラスとステンレスのエントランスが開けている。メンズショップというより、カフェやしゃれたPCショップのようだった。

敏腕スタイリスト・下村イズミが立ちどまったのは、最近どこの駅前にも店をだしているツープライスショップだった。ウルトラ・スーツ・ファクトリーは19700円と29700円というふたつの価格のメンズスーツが主力商品である。

「そう、ここでいいの」

イズミは石畳の歩道にならんだ三人の顔を順番に見た。

「わたしはスタイリストという仕事をしているけど、あまりおしゃれな男の人は好きじゃないの。それはほかの女の子も同じだと思う」

美紗子は黙ってうなずいている。

「毎月ファッション誌をチェックして、つぎになにを着ようか考えてる男の人なんて最低。男ならもっとほかにやることがあるでしょう。そんな時間があるなら、知性とガッツと体力を磨いてほしいと思う」

ヤノッチは右手をあげた。イズミはモテ男養成講座の講師である。

「はい、矢野さん」

「そうはいっても、ファッションセンスのまるでない男を、女はバカにしますよね」

イズミは腕を組んだ。秋の日ざしが落ちるビルの谷間の歩道はさらりと乾いている。

「いいところに気がついたわね。要するにファッション程度のどうでもいいことは、さらっとできてあたりまえだと女子は思っているのよ。なにも男性が真剣にとりくむほどの重要なテーマじゃない。矢野さんは目玉焼きつくれますか」

最近自分でつくったことはなかったが、一流シェフのようには無理でもやればできるだろう。

「ええ、まあ」

「男の人のファッションは目玉焼きでいいんです。毎朝趣向をこらして、凝った卵料理を一カ月もだされたら、逆にうんざりするでしょう。シンプルで、基本を押さえていれば、それで十分なの」

なるほど、一理あるようだった。ヤノッチは目玉焼きとオムレツとスクランブルドエッグ、あとは卵かけご飯があればもう朝食は十分なほうだ。コバが不安げにいった。

「でも、その簡単な基本がむずかしいんでしょう。ぼくたちが同じ服を着ても、雑誌のモデルのようにはならない」

イズミは肩をすくめた。

「モデルになんかなる必要はないの。同業者の悪口はいいたくないけど、いつもいつも自分がどうカッコよく人の目に映るかばかり考えてる男なんて、ろくでもないのが多いのよ」

美紗子がくすくす笑っている。イズミが胸を張っていった。

「その基本はこれから、なかでレクチャーします。それからお店にはいるまえにいっておくけど、素材、縫製、デザインどれをとっても、日本のこの価格帯のスーツは世界の水準を軽く超えているの。最高級品は海外にかなわないけど、日本のメンズスーツは安くても、あなどれないのよ」

初めてきく話だった。イズミと美紗子が自動ドアを抜けると、三人はおずおずとあとに続いた。この店でもイズミは顔のようだった。店員に会釈して胸を張り歩いていく。フロアはてまえにシャツやネクタイなどの小物の陳列ケースがならび、奥に巨大な倉庫のようなスーツ売り場が広がっていた。カラフルなネクタイに手を伸ばしたコバにイズミがいった。

「そういうおまけはあとにしましょう。男性はなんといっても、スーツが基本だから」

イズミは陳列ケースに目もくれずに、スーツ売り場に移動した。上下二段のスーツがあたりを埋め尽くしている。

「ここには百六十センチから百八十五センチまで、五センチ刻みでスーツがそろっています。体型によって太さは四タイプあります。ざっと周囲を見て、なにか気づいたことはありませんか」

店内は蛍光灯で明るかった。床も天井も壁もオフホワイトで明るいが、スーツ売り場は暗かった。ヤノッチはいった。

「スーツはほとんど紺かグレイですね。あとは黒が少々」

イズミがヤノッチににこりと笑いかけた。

「正解です。メンズのスーツはネイビーかグレイでいい。あとはフォーマルな席では黒か黒に近いチャコールグレイを選べばＯＫ」

ホリブが手をあげていった。

「でも、ちょっとだけれど、茶色やグリーンのスーツもありますよ」

「そういうのは無視していいです。男性のスーツは制服です。モデルやホストでなければ、無理して目立つ必要はありません。高価である必要もないの。基本になるダークスーツをきちんとサイズをあわせて選ぶ。それが肝です」

「へえ、制服ねえ」

コバのつぶやきにスタイリストがこたえた。

「女子も意外に制服は好きなものよ。わたしは仕事で海外ブランドのパーティなんかに出席することがあります。むこうだと男性はみんな黒いスーツに黒いタイ、ストレートチップの黒い革靴でおしまい。無駄なおしゃれはしません。女性が華やかなソワレを着てるから、男性は引き立て役でいいとわかっているのね。でも、目立たないことが逆にセクシーな場面って多いものよ」

ぱちんと手をたたくと、イズミはいった。

「これからの十分間で、自分でスーツを一着選んでください。今日はスーツを買う練習です」

「おおーっ」

なぜか男性陣の腹から声が漏れた。三人はそれぞれ身長も体重も異なるので、自分のサイズのスーツがさがったハンガーにむかう。ヤノッチは百七十五センチの棚に移動した。

ネイビーとグレイといっても、そのなかに無数の色と柄がある。明るいもの暗いもの、光沢のある生地、マットな生地。ストライプやチェックにしても、幅や太さ、織柄で何種類もある。さんざん迷った末に、ヤノッチはグレイに白いストライプのはいった29700円のスーツを選んだ。ジャケットは身体の線にぴたりとあうきつめのサイズである。

十分後、おおきな姿見が張られた試着コーナーのまえに、三人が集まった。それぞれ選んだスーツをさげている。イズミがいった。

「制服でいい、カッコよくする必要もない、そう思ったら、スーツを選ぶの気楽だったでしょう」

ホリブがうなずいた。

「まあね。おれが選んだのはこれなんだけど、どうかな」

紺に太目のグレイのストライプがはいったシングル二つボタンのスーツだった。イズミがいった。

「チョークストライプね、悪くないかな。ジャケットだけでいいから、着てみて」

ラガーシャツのうえから羽織ると、いつものホリブのスーツだった。腹まわりはきついが、肩はぶかぶかに浮かんでいる。袖は長すぎて親指のつけ根まで隠れてしまう。イズミは上着のボタンをかけると、指で引いて腹部のゆとりを確かめていた。

「うーん、これはやっぱりオーバーサイズだなあ」

ホリブは困ったようにいう。

「ちいさいサイズだと、動いたときになんだか息苦しい感じがして苦手なんだ」

イズミは肩まわりにふれて、生地のあまりぐあいを見ている。

「でも、これは明らかにひとサイズうえね。堀部さん、戦争映画でぶかぶかの軍服って見たことある?」

「いや、ないけど」

「息苦しく感じるのは、慣れてしまえばだいじょうぶ。実際には身体にフィットしたスーツのほうが、身体を動かすとき邪魔にならなくて楽なのよ。はい、もう一段細身で、身長も五センチしたのスーツにしましょう」

「はーい、わかりました」

ホリブがいってしまうと、つぎはコバだった。コバは金融機関らしく、グレンチェックのおとなしいグレイのスーツを選んでいた。また上着だけ、鏡のまえで着せてみる。ホリブとは別の意味で、ジャケットのなかで身体が泳いでいた。イズミはコバのうしろから、腰のあたりをさわっていった。

「すごく細いのね、小林さん。女の子にうらやましがられるな、このウエスト。スーツはこれが一番スリムなものかしら。袖丈や着丈はいいんだけど」

「そうみたいです。これより細いのないんじゃないかな」

「ちょっと脱いでみて」

イズミはジャケットを裏返して、ラベルを確かめていた。にこりと笑っていう。

「ここにスタンダードって書いてあるよね。これは英国風のボクシーなシルエットのスーツなの。これはそのラインのなかで、一番細いものね。もっとウエストを絞ったモダンっていうタイプのがあるから、同じサイズでそっちのほうのスーツを探してきて」

「へえ、サイズだけでなく、他にもいろいろあるんだ」

コバは乱れた頭をなでつけながら、スーツの海に消えた。ヤノッチは感心していた。同じ金を払ってスーツを買うのでも、投げやりで適当に選ぶのと、洋服のことをよくしる人に選んでもらうのではまるで成果が違う。どんな世界にもプロがいるものだ。

「矢野さんのは、ペンシルストライプね。明るいグレイは若々しいし軽くていいと思います」

イズミにいわれるまえに上着に袖をとおした。着るときはすこしきゅうくつだったが、ジャストサイズのスーツを選んだつもりだ。イズミはジャケットのあちこちを引いて、形を整え、最後にヤノッチの肩に手をおいた。

「ぴったりです。このサイズ感を覚えて、つぎにスーツを買うときに忘れないようにしてね。スーツは制服なんだから、楽をするための服ではない。闘うための服なのよ。いつでも動けるようにシャープに引き締まってないといけないの」

美紗子が鏡越しに微笑みかけてきた。

「矢野さん、すごく似あってる。革ジャンもいいけど、スーツをもっと着てみたらどうかしら。スーツ好きの女子はけっこう多いのよ」

ヤノッチ自身も意外なほどそのスーツが気にいってしまった。長髪はうしろで束ねている。テイラードジャケットのインはアニメTシャツだった。パンツはスリムなジーンズで、暑苦しい黒革のライダースよりもずっと軽快だった。ジーンズとTシャツのカジュアルさを、グレイの上着がカチリと引き締めている。

「このまま着て帰ろうかな」

ホリブとコバが新しいスーツをもってもどると、またフィッティングが始まった。前回でコツがつかめたようだ。ふたりとも今度はジャストサイズのスーツを選んでくる。パンツの裾あげは店の人間に頼み、ウエストのゆるいコバは腰まわりを三センチほど絞ることになった。

イズミが先ほどの陳列ケースにむかった。

「さて、基本になるスーツが決まったから、あわせてシャツとネクタイの組みあわせをつくりましょう」

赤と白のストライプのシャツに黄色いネクタイを締めたコバがいう。

「ぼくはいつも色あわせで、わからなくなっちゃうんだよね」

「それも基本でいいの。おしゃれな配色とか組みあわせを考える必要はありません。さっきはネイビーやグレイのスーツを選んだでしょう。ネクタイも同系色で一段明るかったり、暗かったりするものを締めるだけでいい。柄は冒険しないこと。無地のソリッドタイを二、三本で十分よ。シャツは白。今日はそれ以外は買ってはダメ。柄もののシャツなんて十年早い」

美紗子がシャツ売り場で笑っていた。

「基本は制服、目立たなくていい、あとは動きやすくて、身体の線をきれいに浮き彫りにするようなジャストサイズ。スーツがきちんと決まれば、シャツとタイは地味なほどシックになる。わかりましたか」

ヤノッチは白いシャツに濃いグレイのシルクタイと青と白とグレイの三色のレジメンタルタイを手にした。思い立って、きいてみる。

「でも、個性というのはどうやって表現するんですか。イズミさんのいうとおりだと、みんな同じ格好になってしまうと思うけど」

「うーん、それはちょっと技が高度になるの。個性をファッションで表現するには、自分のキャラクターをよく理解していないといけない。それはプロでもなかなかむずかしいのよ。当面は基本をちゃんと身につけて、アクセサリーなんかで遊んだらいいんじゃないかな」

コバが白いシャツを手にしていった。

「たとえばどんなものですか」

「女性は巻きものが好きだから、マフラーとかストールとか。小林さんなら、スーツにソフト帽やキャップもおもしろいと思う。矢野さんなら、仕事柄万年筆とかバッジとかね」

そこで美紗子が口をはさんだ。

「わたしはそういうのも、やりすぎないほうが上品だと思うな。イズミさんのいう基本を守って、あと個性はほんのひとさしで十分。だって、三人とも外見や服装でもてたいわけじゃないでしょう。中身と人柄でもてなかったら、どんなにおしゃれをしても意味ないものね」

三人はそのあとレジにならんだ。ひとり十万円の予算のうち実際につかった金額は半分以下である。イズミはツープライスショップをでるときにいった。

「わたしはずいぶんいろいろな俳優やモデルのスタイリングをしたけれど、こういうのもなかなかたのしいね。男の人はみんな突飛なことやめずらしいことがおしゃれだと思ってるけど、日常のおしゃれってそういうものじゃない。わたし、今度本でも書いてみようかな」

ヤノッチはいった。

「書いてくださいよ。ぼくは絶対買うから」

「おまえだけずるいぞ。イズミさん、おれは十冊買います」

そういったのはホリブである。コバはふたりを相手にせずに、美紗子のほうを見ていった。

「ぼくはずっと先輩についていきます」

中央通りにでると、空はほのかに夕焼け色に染まっていた。歩行者天国をいきかう人たちもみなほんのりとピンクがかっている。美紗子がいった。

「今日のレッスンはこれでおしまい。今度うちのエステの女の子たちと食事会をしましょう。そのときは今日のスーツをぜひ着てきてね。イズミさんの基本がどれくらい女子に効果的か、きっとびっくりするから」

「じゃあ、みなさん、さよなら。また機会があったら、お買いものしましょう」

イズミがそういうと、美紗子も三人に会釈した。

「ちょっとイズミさんと話があるから、今日はここでね。ごきげんよう」

きれいな女たちはさっさといってしまった。いつもの三人が銀座の路上に残された。おおきなショッピングバッグをさげた影が歩道に長く伸びている。もてる男をつくるというけれど、自分たちはいったいその険しい山の何合目まで登ってきたのだろうか。まだまだ先は見えなかった。ヤノッチがいった。

「美人がいなくなったら、もうカッコつけることもないな。買いものしたら、なんか腹が空かないか」

ホリブが吠えた。

「いいですねえ、男だけならガード下にでもいくか」

冷えたビールののど越しと、焼き鳥の焦げる匂いがいきなりよみがえってくる。ファッションもいいけれど、食欲もやはり大切だ。三人は早足でアウェイの銀座中央通りから、自分たちのホームグラウンド、有楽町ガード下にむかった。

31

「今回のトレーニングは、ちょっと厳しいかもしれないな」

エステティックサロン「サロン・ド・アクア」のオーナー、河島美紗子がそういって笑いかけてきた。両手を組んだうえに、上品にとがったあごがのっている。そんなふうに大学時代のあこがれの先輩に見つめられるのは、もてない悪友三人組にはひどくうれしいことだった。報われなかったこの十数年が一気にとりもどせた気になる。

「美紗子姫のためなら、どんなにきついことだって、おれはがんばります。こいつらと違って、体力には自信がありますから」

ホリブが丸いこぶしで胸をたたくと、脂肪が波のように揺れた。

「はずかしいから、そういう古い青春映画みたいなオーバーアクションはやめてくれ。ここは恵比寿の駅前だぞ」

ヤノッチがそういって周囲を見まわした。土曜日の夕方である。なぜかおしゃれなカフエには、若い女性客ばかり集まっている。コバもいっしょに居心地悪そうにあたりを見てからいった。

「なんで、東京ではどこの店にいっても、女の子ばかりなんだろうなあ。若い男はみんなどこに消えちゃったんだろう」

美紗子が開いた男性エステコース、別名「モテ男養成講座」のおかげで、三人はずいぶんあちこちに連れていかれた。どこにいっても、ほぼ七、八割は女性なのだ。美紗子が眉をひそめていう。

「それはやっぱり男の人が自信をなくして、内むきになっているからじゃないかしら」

ヤノッチは自分の職場の男たちを考えた。ゲーム制作の現場で働くのは、やはりみなおたくで、仕事場以外では引きこもりに近い生活を送る者が多いようだ。美紗子は困ったようにいう。

「外の世界も、女性も、そんなに怖いものじゃないのにね」

窓の外の女たちに目をやった。ギャル風、大学生風、ＯＬ風、人妻風、ファッションも露出の程度もさまざまな女たちがいきかっている。なかにはひどくスタイルがよく、きわどく胸や足をさらし、モデルのように歩く女もいた。そのうちのひとりに、目が吸いつけられた。昆虫の複眼のようなおおきさのサングラスをかけている。ひざまであるブーツに、ホットパンツ。うえはＶネックの豹柄のニットだった。胸元の谷間は西新宿の超高層ビル街よりも深い。ホリブもその女に気づいたようだった。

「姫はそういうけど、ああいうタイプの女は手ごわそうで、ちょっと怖いなあ」

コバも窓に目をやった。すぐに派手な女に気づいたようである。

「うわっ、スタイルいい子だな。ああいうのはやっぱり観賞用ですよ。つきあったらたいへんそうだし、第一ぼくなんかには口をきいてくれるはずがないもん」

信用金庫の生真面目な顧客係は、別に淋しそうでもなかった。女性に関しては、あきらめ慣れているのだ。

「ほんとうにそうかしら、だって……」

美紗子が途中で言葉を切って、窓のむこうに軽く右手をあげた。通りのむこうから、若い男がやってくる。その男も美紗子に気づいたようで、手を振ってよこした。小柄だが引き締まった身体をして、黒に白いストライプの派手なスーツを着ている。白いシャツの襟元は第三ボタンまで開き、太いゴールドのチェーンが光っている。

ホリブが情けない声をだした。

「あれ、誰ですか？　美紗子姫のボーイフレンドじゃないですよね」

あははと軽く笑い飛ばして、美紗子がいった。

「うーん、わたしはそういう趣味じゃないから、彼はボーイフレンドでも恋人でもないわよ。でも、あの人が今日の講師なんだ」

通りをこちらにむかってくる男は、ホットパンツの女に気づいたようである。そのまま店にはいらずに、早足で若い女に近づき、うしろから声をかけた。女は驚いて立ちどまった。別に知りあいではないようだ。男は笑顔でなにか話しかけている。はめ殺しの窓のむこうなので、四人のテーブルに声は届かなかった。

「これまでは比較的やさしいレッスンばかりでした」

美紗子がひどくまじめな調子でそういった。

「フェイシャルとボディのエステを受けたり、美術館や劇場にいったり、本屋さんで好きな本を買ったり、ブティックでスーツを選んだりね。それぞれためになることが学べたと思うけれど、今回はとても厳しいレッスンになります」

三人はうわの空で、美紗子の話をきいていた。窓のむこうの男と女のことが気になってしかたなかったのだ。

「今回のレッスンは精神的にも肉体的にも、ストレスがたまるでしょうし、もしかしたら最後までやりとおせないかもしれない。でも、この講座には欠かせない重要なチャレンジです」

ちらちらと窓のむこうに視線を送りながら、ヤノッチは考えていた。まるで新入社員のための地獄の特訓みたいだ。もてる男になるために、それほどたいへんな難題があるのだろうか。黒いスーツの男があれこれと話をすると、ホットパンツの女が笑顔になった。いったいなにを話せば、街で会った初対面の女をあんなふうに笑わせられるのだろうか。男はこちらのほうに手を振っている。なんだかバカにされた気がして、ヤノッチは嫌な気分になった。あこがれをこめて、ホリブがいった。

「すごいなあ、ああいうのをほんとのナンパ師っていうんだろうな」

コバが感嘆の声をあげた。

「見ろよ、たいへんな事態だ」

カフェのまえでは、男と女が携帯電話をおたがいにとりだしていた。開いたフラップの先をふれあうように近づけていく。なんだかエロティックな場面だった。ホリブがうっとりといった。

「あこがれの赤外線通信だよ」

男はプロフィールを女と交換しているようだった。初めて声をかけてから、まだ数分しかたっていない。それどころか赤外線通信を終えると、手を伸ばして会ったばかりの女の髪をなでた。コバがあごの先をがくりと落としていった。

「すごいな」

昔なじみの友達のように男と女は別れた。おたがいに恵比寿の駅前で手を振っている。

男は店のほうをむくと、ぱちりと携帯電話を閉じて会釈してきた。そのまままっすぐにカフェにはいり、こちらのテーブルにむかってくる。

三人の緊張は頂点に達した。この講座が始まってから、男性講師は初めてである。しかもとんでもなく凄腕のナンパ師のようだ。腕前は今目のまえで見せつけられたばかりだった。いったい今日はどんなレッスンになるのだろう。精神と肉体のストレスという美紗子の言葉が、今ごろになって重く響いてくるのだった。

32

ゴールドのチェーンを首からさげた男は、テーブルの手前で立ち止まった。美紗子が座ったまま いった。

「こちらが加賀谷《かがや》信也《しんや》さん」

「よろしくです」

男がぺこりと頭をさげた。声の様子がどこかおかしかった。ざらざらと荒れているのに、奇妙なほど甲高いのだ。

「よろしくお願いします」

もてる男にいきなり引きあわされた三人の挨拶は元気がなかった。さっきの路上ナンパの場面だけで圧倒されてしまったのだろう。信也が美紗子のとなりに座った。ヤノッチがいった。

「あの、間違っていても怒らないでくださいね、もしかして加賀谷さんって、女性なんじゃないですか」

美紗子と信也が顔を見あわせて、にやりと笑った。エステサロンのオーナーがいった。

「そうなの、信也くんになるまえは、直美《なおみ》さんだったの」

信也が前髪をかきあげていった。

「いや、今はもうほんとうの男だよ」

三人にむかって、シャツの胸を開いてみせる。乳房のない平らな胸だった。ヤノッチよりも筋肉質なくらいである。

「胸はとっちまったし、したのほうも工事はすんでる。おれは性同一性障害のFtMで、戸籍上ももう男なんだ。あっ、FtMはフィーメイル・トゥ・メイルの頭文字だよ。女から男へのトランスジェンダーってわけだ。よろしくな」

にぎり締めたこぶしをテーブルのうえに伸ばしてきた。映画のなかで黒人のブラザーがするように、ヤノッチもこぶしをあわせた。ホリブとコバも恐るおそる同じようにした。

三人ともそんな形の挨拶は初めてだった。

「美紗子さんから、話はきいてる。あんたたち三人は女にもてるために度胸をつけたいんだろ。だったら、これから特訓だ」

意味がわからなかった。特訓をすれば誰でももてるようになるなら、世話はない。日本中からもてない三十男など消えてなくなるだろう。

「ちょっと待って、いきなり動くまえにすこし話をきかせて、信也くん」

「いいですけど、別に偉そうな理論とかないですよ。おれがやってるのは、ただのナンパだから」

ひゅうと口笛を吹いて、ホリブがいった。この太っちょには軽薄なところがある。

「カッコいいなあ」

美紗子がかまわずにいった。

「さっきこのお店のまえで、女の子に声をかけていたでしょう。どうしてあの子を選んだの」

信也が肩をすくめて、三人のほうを見た。

「それは男ならあんなスタイルの女がいたら、声をかけたいなって思いますよ。みんなだって、そうだよな」

男よりも男らしいなと思って、ヤノッチはうなずいた。拍手したいくらいだ。続けて信也はいう。

「それに彼女、美人だったでしょう。だから、いけるなって思って。やっぱ……」

美紗子が手をあげて、信也をとめた。

「ちょっとそこでストップ。あのね、信也くんがくるまえ、先にここにいる三人があの女性に気がついていたの。あのとき堀部くんはなんていったかしら」

ホリブが太った指で頭をかいた。

「えーっと確か……手ごわそうで、ちょっと怖いっていったかな」

薄毛の顧客係は質問もされないのにいった。

「ぼくはつきあったらたいへんそうだし、口もきいてくれないっていいました」

美紗子はうなずいて、信也のほうをむいた。

「そうね、でも信也くんはわざわざ彼女を選んで声をかけた。どうしてなの」

信也は首のうしろをかいて、こたえた。

「ああ、そういうことですか。おれは美人だから声をかけたんですよ」

ちらりとホリブのほうを見てから、美紗子がいった。

「でも、美人は普通なら手ごわいんでしょう」

「いや、違いますね。女は美人ほど、ちゃんと話をきいてくれます。ちいさなころから、人に声をかけられるのに慣れているから、あんまり警戒心がないんですよ。ほとんどの男が自分に好意をもっている。そんなふうに思っているから、気軽に相手をしてくれるんです」

ヤノッチは腕を組んで考えてしまった。ほんとうにそんなものだろうか。男たち三人の反応は、ほぼヤノッチに近かった。コバがいう。

「だけど、声をかけられ慣れてるってことは、断るのも慣れてるんだよね。だって全員とつきあうわけにはいかないんだから」

信也は平然とうなずいた。

「そうだよ、ばっさり切って、相手を傷つけるようなことはしないんだよ。軽く流せるからな。だったら、断られても気楽なもんだろ。それにこういうと女たちにしかられそうだけど、顔がきれいな女ほど性格もいいのさ」

この元女のナンパ師はなにをいっているのだろうか。ヤノッチはだんだん頭が混乱してきた。信也は自慢げにいう。

「実際問題、ナンパはきれいな女のほうがうまくいく確率が高いのさ。もっともこっちのほうでも気あいがはいってるから、それで成功率があがってるのかもしれないけどな」

ホリブがカフェのテーブルに身をのりだした。

「へえ、ほんとにそうなんだ。でも、どうやってあんなふうに声をかけるのかな。すごく自然な感じに見えたけど」

信也はにやりと笑った。

「特別なテクニックなんてないさ。できれば、ななめうしろから近づく、話しかける内容なんてなんでもいい。それでとにかく相手に考えるひまを与えないように、どんどん話し続けて、脈がありそうならできるだけ早くちょっと相手にさわってみる」

コバが口を開けたままいった。

「すごい……」

「それで、あとはうまくいくまで、ひたすら声をかけ続けるんだ。コツもクソもないよ。男はガッツとタフさで勝負だろう」

そういわれたら、なんだかほんとうにそんな気がしてきた。ヤノッチは信也から弟分の杯をもらいたい気分だった。笑いながら眺めていた美紗子がいった。

「もう今日のレッスンの中身はわかったわね。これから三人には実際に街をいく女性に声をかけてもらいます」

「嘘でしょう！」

三人の悲鳴がそろった。周囲のテーブルに座る女性客がいっせいに視線を集めてくる。声を低くして、ヤノッチがいった。

「ナンパなんて、ぼくたち三人は生まれてから一度もやったことないんですよ。いきなり見ず知らずの女性に声をかけろなんて、無理に決まってますよ」

にやにや笑って、信也がいった。

「誰にだって、初めてのときはあるもんさ。おれもついてるし、ちょっとおたくらも男らしさってやつを見せてみろよ」

コバが薄くなった髪を神経質になでつけていった。すでに顔が真っ赤になっている。

「でも、どうやってナンパなんてするんですか」

信也は肩をすくめた。そんなふうにすると、ひどく遊びなれた男に見える。

「別にむずかしいことはない。おれたちはこれから恵比寿の駅にいく」

にやにや笑いはとまらなかった。ホリブとヤノッチが身体をのりだした。信也は三人をゆっくりと順番に見まわした。辛抱できずにヤノッチはいった。

「それで？」

信也は首のチェーンをいじりながら、ゆっくりとこたえた。

「駅の改札からでてくる若い女、すべてに声をかける」

「うげー、ほんとかよ」

ホリブの魂の叫びが静かなカフェに響いて、また周囲の注目を集めた。ヤノッチは背中一面に冷たい汗をかきながらいった。

「それ、誰がやるの？」

「おたくら、三人」

信也はまったく動じていなかった。ヤノッチは救いを求めて美紗子を見たが、にこにこと笑っているだけで、美しい先輩はなにもいわなかった。信也は立ちあがった。

「さあ、いこうぜ。すくなくとも、今日の午後おたくらにはひとり三十人は声をかけてもらうからな」

ひえー、うげー、マジかよー。三人のスイングアウト・ブラザースの悲鳴が、恵比寿のおしゃれなカフェに響きわたった。

33

ＪＲ恵比寿駅西口改札。

それが三人の過酷な戦場だった。山手線の車両がすぎていくたびに、改札には人波が寄せては引いていく。大学の先輩・美紗子とナンパ師の信也は、腕を組んで太い柱にもたれていた。改札のむかいは、都心の駅のしゃれたショッピング施設だった。ガラスのむこうを若い女たちがファッションモデルのようにいきかっている。のんびりとした土曜日の夕方、ホリブとコバとヤノッチの三人は生きた心地がしなかった。

ヤノッチは足の震えが止まらない。

「おれ、仕事でもこんなに緊張したことないよ」

コバが何度も息をのみ、頭をなでつけている。薄い髪が頭皮に張りつき、なんだか味つけ海苔をのせたような髪型になっていた。

「どうしよう、どうしたら女の子に声なんかかけられるんだ。これなら定期預金の口座を開いてもらうほうが、ずっとカンタンだ」

ホリブは巨体を丸めて、顔を青くしていた。

「おまえ、あんまり頭にさわらないほうがいいぞ。残ってる最後の毛根が死んじまうからな。どうしたらいいんだよ。おれの心臓がもう限界になってる」

「おい、三人ともなにやってんだ。さっさといけよ」

元女性にして、今は凄腕のナンパ師・信也のかん高い声が三人の背中を刺した。

「そんな調子じゃ夜になっても終わんねえぞ。終電までそうやって突っ立ってる気か」

ヤノッチは振りむいて、信也を見た。がばりと開いた胸元には太い金のチェーン。きっと偏差値ならこの男に負けることはないだろうが、現在の局面ではまったく歯が立たなかった。人生には実にいろいろな勝負があって、誰だってすべての勝負で勝てるわけではないのだ。勝ち組負け組と簡単に人を分けるけれど、それは勝負の複雑さをしらない人間の愚かさだった。美紗子がうなずいていった。

「厳しい修業になるけれど、みんな、がんばって。この壁を越えたら、きっと別な世界が見えてくるから」

あこがれの先輩にそういわれたら、じっとしているわけにはいかなかった。ヤノッチが覚悟を固めていった。

「おれはこの状況がしんどくてたまらない。だから、一刻も早く抜けだしたい。はっきりいって、恵比寿駅まえには、もう一生きたくない」

コバが情けなさそうに、眉を八の字にさげていう。

「ぼくもだ。ナンパなんてしたくないよ」

ヤノッチは心の底からびびっている悪友に笑顔をむけた。

「おれだって同じだよ。でも、この課題をクリアしなくちゃ始まらないんだ。とりあえず、声かけしてみよう」

ホリブが真ん丸い顔を薄青くしていった。

「ヤノッチ、本気か？」

「ああ、本気だ。おまえだって、ずっとここで待機してたら、心臓麻痺で倒れちまうだろ」

ホリブはTシャツの胸に手をあててみせる。

「あと余命三十分ってとこだな」

「だったら、ジャンケンだ」

コバが薄い頭をさらに何度もなでつけた。ホリブはあわてて、その手を押さえる。

「やめとけって。今日で完璧なハゲになるぞ。ヤノッチ、なんでジャンケンなんかするんだよ」

ヤノッチは駅の改札を正面からにらんだ。ちょうど山手線の内回りが到着したようだ。週末の夜を控えて、おしゃれをした若い女性が澄ました顔でつぎつぎと自動改札を抜けてくる。一瞬の淀みもない清流のようだった。自分たちはそこに顔をだしたごつごつした岩のようなものだろう。魚は岩を無視するものだ。

「一気に三人で、突撃できないだろ。そんな度胸もないからな。仲間の誰かが声をかけるのを観察していれば、なにか役に立つヒントがつかめるかもしれない。だから、順番を決めるためのジャンケンだ。負けたやつから、あそこにいって、声をかける」

「あー、神さま」

駅のコンコースの高い天井を見あげたのは、コバだった。ホリブは心臓を押さえたままいった。

「なんでもいいから、一番目だけにはなりたくない」

ヤノッチはかまわずに叫んだ。

「最初はグーッ、ジャンケン、ポン！」

いきなり改札まえで、大の男三人が真剣にジャンケンを始めたので、周囲の注目が集まった。もとより悪友三人組にはそんなことに気づく余裕はない。ヤノッチとホリブがグー、コバがチョキだった。

「うわー、負けた」

コバはチョキの右手を左手でつかんで、絶叫している。人の流れが避けていくのも無理はなかった。信用金庫の顧客係は汗だくである。ヤノッチはかまわずにいった。

「じゃあ、つぎいくぞ。最初はグーッ、ジャンケン、ポン！」

今度はヤノッチはグー、ホリブがパーである。ホリブの顔色がぱっと明るくなった。

「やった、おれが最後だ」

おおよろこびでその場で跳びはねているホリブに、ヤノッチはいった。

「最後だって、やることは同じなんだからな。覚悟しとけ」

ヤノッチはコバの薄い背中をそっと改札に押してやった。

「気の毒だが、約束は約束だ。せいぜい好みのタイプに声をかけて、華々しく散ってこい」

コバは真っ青な顔で震えながらうなずくと、ふらふらと自動改札にむかった。

「がんばれ、コバ」

ホリブの応援は夏の甲子園のように力がはいったものだった。

「がんばって、小林くん」

美紗子も声援を送った。コバはちらりと振りむくと、青白い顔でうなずいてみせた。薄毛の信用金庫顧客係は、自動改札のまえに立った。背は丸まり、腕はだらりと垂れている。なんだかようやくキャンプにたどり着いた難民のようだ。

「いけ、コバ」

ヤノッチが背中を押しても、コバは動かなかった。そのまま時間が経過していく。夕方のラッシュアワーで内回り外回り計四本の山手線がすぎていった。

「どうしたんだよ、コバ、さっさといけ」

待っているのがじれったくなって、ホリブがやせた背中を怒鳴りつけていた。コバは振りむかずにいった。

「うるさい。どうせ失敗するにしても、最初のひとりくらいストライクどまんなかの子にしたいんだ。じっくり選ばせてくれよ」

「おおーっ！」

ヤノッチとホリブは腹の底から声がでてしまった。こいつは本気で覚悟を固めたようだ。大学時代から十年を超えるつきあいになるが、コバのそんな勇姿を目撃したのは初めてだった。五本目の電車がやってきて、駅の構内に人があふれた。

白い半袖シャツに、紺のサブリナパンツをはいた小柄な女性がやってきた。豊かな黒髪を、水玉のスカーフでまとめている。和風のかわいい清純派だった。コバがぎくしゃくした足どりで、改札を抜けた彼女に近づいていった。ホリブがつぶやいた。

「あいつはあの手の清潔そうな子がタイプだったのか……」

コバが話しかけると、相手は不可解な顔で一瞬だけ立ちどまった。なにかを必死に話し続けているようだが、彼女は開いた手を顔のまえで強く振ると、コバとは逆の方向へ早足で逃げるように去っていった。時間にしたら、ほんの一分ほどのことである。

「あーあ、逃げられた」

ホリブがのんきにそういったが、ヤノッチにそんな余裕はなかった。つぎは自分の番なのだ。もどってくるとコバの表情は、意外なほど明るかった。

「よかった。悲鳴をあげられたらどうしようと思っていたんだ。あの子、ひと言だけ口をきいてくれたから」

ヤノッチは周囲の人間を観察しながらいった。

「彼女なんだって？」

「スミマセンだってさ。なかなかかわいい子だったな」

ホリブが勢いこんで質問した。

「生まれて初めてのナンパはどうだった？」

コバは自分でも不思議そうな顔をした。

「一瞬だったから、なにも覚えてない。ただ必死だった。でも、意外と悪くないみたいだ」

「なにがだよ」

「なんというか、自分で相手を選んで、声をかけられたってことが。ものすごく成長できたような気がして」

ホリブは丸い頬をふくらませて、疑わしげな顔をした。

「ほんとかよ、信じられないな。ヤノッチはどう思う？」

ヤノッチは返事をせずに、改札まえに歩きだしていた。自分の性格では、コバのようにじっくりとは待てないだろう。恐怖で足がすくんでしまうに違いない。最初が勝負だ。ヤノッチの好みは、美術学校やデザインスクールにかようようなアート系の年下だった。どこか風変わりでオリジナルのセンスをもっていて、できれば小柄でスタイルがよければ申し分ない。

ホリブとコバが話しているあいだに、目をつけた女性がいた。彼女はデニムのミニスカートのしたに、横縞のスパッツをはいていた。かなり足が細くなければ無理なファッションである。Tシャツの胸には、浮世絵のプリント。伊藤若冲《いとうじやくちゆう》の象の絵というのが、強烈だ。

改札をでてきた彼女のまえに立った。女性としては背が高いようだ。視線の高さはほとんど同じである。額も手も背中も汗だくだったけれど、ヤノッチは無意識のうちに声をかけていた。

「こんにちは、おもしろいTシャツだね」

相手は驚いて声もだせないようだった。緊張しているのは、ヤノッチも同じである。この子の髪はこんなに茶色かったっけ。

「映画のチケットとか、ネックレスとか、英会話の教材なら、いらないから」

どれも街角で声をかけて売りつける詐欺まがいの商法だった。ヤノッチをキャッチセールスと間違えたのだ。相手が立ちどまってくれたのがうれしくて、ヤノッチはなにを話したらいいのか、一瞬考えてしまった。するととたんにしどろもどろになってしまう。口が自分の思うように動かなくなる。

「いや……あの、ぼくはそういうのじゃなくて……ただのナンパ……じゃなくて……女性への声かけの練習をしていて……それで……」

「どうでもいいけど、わたし、いそがしいから、そこどいてくれない」

彼女は大またで歩いていってしまった。ヤノッチは自分のなかに生まれた感覚が不思議だった。悪友ふたりが待っているところにもどっていく。足どりは重くなかった。ホリブがさっそく声をかけてきた。

「今の子、スタイルよかったな。足なんかカモシカみたいで。で、初ナンパの感触、どうだった？」

自分でもよくわからなかった。ヤノッチは迷いながらいった。

「あっさり断られたのには傷ついてる。でも、同時になんだかうれしくもあるんだ。あれほど怖がっていたのに、なんとか声はかけられたし、相手もちゃんとこたえてくれた。まあ、むこうにしたらいい迷惑だろうけど」

コバが腕組みをしていった。

「そうなんだよ。とりつくしまもないほど、女の子って遠いものってイメージだったんだけど、そうでもなかったんだよね」

「そうか、なんだかナンパっておもしろそうだな。じゃあ、おれもいってくるわ」

ホリブはそのまますたすたと改札にむかった。最初にでてきたひどくグラマーな女性に声をかけた。彼女の胸はホリブに負けないほどのおおきさで、Gカップはあるようだ。ホリブの趣味はわかりやすいのだ。

相手は声をかけられ慣れているようだった。一瞬ホリブの全身に視線を走らせると、立ちどまることもなくさっさと歩いていってしまった。ホリブは背中を丸め、ちいさくなって帰ってきた。

「なんだよ、おまえたちのいうほど、うまくいかないし、おもしろくもないじゃないか」

コバとヤノッチは大笑いして、太めの友人を出迎えた。

「じゃあ、今度はぼくだ。いってくる」

ホリブとヤノッチは、すこしだけたくましくなった顧客係の背中を見送った。

34

三人の声かけが八周目にはいったところだった。開始からすでに一時間以上がたっている。恵比寿の駅前ロータリーはすっかり夜の色に染まっていた。美紗子がやってくるといった。

「今日はこれくらいにしておきましょう」

ホリブがくやしそうにいった。

「だって、おれたち誰ひとり携帯の番号やアドレスをゲットしてませんよ」

ヤノッチはもう心が折れそうだった。声をかけるのは慣れてしまうと、別に困難ではなかった。ただ断られ続けたあとで、さらにもう一度気もちを立て直すのがタイヘンなのだ。自分はすべての女性から嫌われているのではないかと思いこんでしまう。

「おれはもうギブだ。これ以上は無理みたい」

コバもうなずいた。

「ぼくもだ。ナンパがこんなに疲れるものだとは思わなかった。もうくたくただ。今すぐ冷えた生ビールをのみたい」

額に汗の粒を浮かべたホリブがいう。

「おれもそいつは大賛成」

三人と美紗子、それにナンパ師の信也は先ほどのカフェにもどった。奥のテーブルに席をとる。エアコンの吹きだし口のした、冷風が心地よかった。美紗子ひとりがアイスティで、残り四人はビールを注文した。

信也がグラスに口をつけるといった。

「みんな初めてにしてはよくがんばったんじゃないか」

ヤノッチもビールをのんだ。これほどうまいものは、この数年間のんだことがない。

「だけど、ぜんぜんダメだった。誰ひとり、さっきの信也さんみたいに赤外線通信なんてできなかった。やっぱりおれらにはナンパの才能ないんじゃないかな」

残るふたりもがっくりと、うなずいている。信也がざらざらの甲高い声で笑った。

「ナンパの才能なんて、そんなものあるか」

「でも、明らかに差があるような感じだったけど」

コバが不服そうにいう。信也は気にもしないようだった。

「さっきあんたたちは三人で二十人ちょっとに声をかけただろ。たまたまうまくいかなかったけど、あの調子でがんばればあとすこしで、アドレスくらいゲットできたさ」

コバは投げやりにいった。

「なぐさめはいいですよ」

「あんたわかってないな。ナンパは男の側の技術の問題じゃない。声をかけられたい気分の女に出会えるかが勝負なんだ。だから、そういう女に会うまで、ひたすら声をかけ続けるしかない。そいつになによりも大事なのは、あきらめずに粘ることだ」

美紗子がそこで口をはさんだ。

「それはナンパだけじゃないと思うの。女の人って複雑だから、ときには自分が好意をもっている人から誘われても、なぜか断ってしまうときがある。でも、そういうときに簡単にあきらめずに、再度挑戦できる。みんなにはそういう男性になってもらいたい」

信也がヤノッチにいった。

「なあ、あんたが一番きつかったのは、なんだった？」

しばらく考えて真剣にこたえた。

「失敗して傷ついてもへこたれないようにすることかな」

ナンパ師は顔を崩して笑った。開いたシャツの胸で金のチェーンが揺れている。

「そうだ。誰だって、ナンパなんかしてれば、心と頭がタフになる。何十回となく断られても、またしょうこりもなく声をかけ続けるんだからな。だけど、いいか、あきらめなかったやつにだけ、ほんとうのチャンスはやってくるんだ。ときどきこんなにいい女がなぜってやつが、引っかかったりするからな。その日のうちに打てることもけっこうあるぜ」

打つはナンパ師たちの隠語で、セックスのことだ。ホリブは感心していった。

「ほんとにそんなことがあるなら、おれ、終電まで改札に立とうかな」

信也も笑っている。

「それだけのやる気があれば、真夜中までにひとりくらいは即打ちできるカモがひっかかるかもな。がんばってみれば」

美紗子がそこでせき払いをした。ホリブは学生時代のあこがれのマドンナに、厳しい視線で見つめられ顔を赤くした。

「みんなの目標はただHをするだけでなくて、ちゃんと素敵な女性にもてることでしょう。あまりそちらのほうばかり関心をもったら、いけないよ。でも、今日の授業でわかったこともあると思うの」

美紗子は三人の生徒を順番に見つめていった。生ビールをまえに、男たちは汗だくである。ナンパは厳しい肉体労働だった。

「何度断られても、あきらめない気もち。傷ついても折れない、タフで太い心。それさえあれば、いつかは必ず願いがかなう日がくる」

考えてみれば、それは恋愛に限ったことではなかった。仕事でも、試験でも、シューカツでも、基本になるのはシンプルで強い心のもちかたなのかもしれない。自分は異性にもてないと最初からあきらめていたら、どんな絶好のチャンスだって見逃してしまうだろう。

「わたしが見たところ、日本の女性は昔からあまり変わっていません。男性に求められ、自分を発見してもらいたいと願っているの。恋愛や結婚には、断られても折れない強い心をもった男性の存在が欠かせないと思う。今の若い男性の多くは、傷つくのが怖くて、なかなか女性にアタックできないようです。それではなにも始まらない。みんなはあきらめずに、まえをむいて何度でもがんばってください。ちょっとくらい傷ついてもだいじょうぶだって、ちゃんとわかったでしょう。今日のレッスンはこんな感じかな。じゃあ、信也くん。いきましょう」

エステサロンで打ちあわせがあるという美紗子と信也は、さっさとカフェをでていった。コバがあきれたようにいった。

「いやあ、今回の課題は死ぬかと思った。モテ男になる道は、遠く険しいなあ」

ヤノッチは足が棒のように重く、冷や汗のかきすぎで身体がべたべただったが、不思議と爽やかな気分だった。決してあきらめない強い心。そんなものが一時間強のナンパ特訓で身についたのかは定かでない。けれどもひとつだけ確かな感覚が、身体に残っていた。

声をかけて手ひどく断られたあとでも、別に自分は変わらなかった。女に断られて傷ついたくらいなんでもなかったのだ。

「なあ、もう一度、乾杯しないか」

ヤノッチがそういうと、ホリブがうなずいた。

「あのさ、さっきの話だけど、おれたち三人だけで終電までがんばってみないか。もしかしたら、すごくタイプの美人と、えーっと、なんだっけ？」

コバが小声で叫んだ。

「即打ち」

「そうそう、その即打ちができるかもしれないだろ」

ここにも少々の傷くらいものともしないタフな心のもち主がいるようだ。コバがあきれていった。

「やるならひとりでやってくれ。ぼくはパス」

ヤノッチは笑いながら、手をあげてウエイトレスを呼んだ。

「おれもパスだな。でも、次回チャンスがあれば、さっきのナンパ師のいうことが真実か試してみたい気もする」

ほんとうにそんなに都合のいい女性が恵比寿駅の改札を抜けてやってくるのだろうか。

疑わしい気もしたけれど、なんだかそんな美人が広い東京には何人か今も生きているような気がした。それがなんだか愉快である。近づいてきたウエイトレスに生ビールをみっつ注文すると、ヤノッチは決して折れない男心について、もう一度考え始めた。

35

「いやあ、このまえのトレーニングはきつかったなあ」

薄毛の信用金庫マン、小林紀夫がそういって、はねた猫っ毛をてのひらでそっと押さえた。そこは久しぶりのエステティックサロン「サロン・ド・アクア」のレッスンルームである。正面のホワイトボードの両脇には華やかに生花が飾られていた。

「ほんとだよな。トレーニングというより、あれは修業だ」

太目の飲料メーカー営業、堀部俊一が首筋の汗をハンドタオルでぬぐっていた。なにもしていないのに汗をかくのは、この男のうっとうしいところだ。

「そりゃあ、そうだよな。だって恵比寿駅まえで無差別ナンパなんて罰ゲームみたいなもんだ。あれで寿命が何年縮んだことか」

ゲーム制作会社のプログラマー、矢野巧は落ち着かない気分で室内を見まわしていた。

このサロンのオーナー河島美紗子が主宰するモテ男養成コースに参加して、もう半年がたっていた。まだ具体的な成果はあがっていない。コバもホリブも、くやしいことに自分も、新しい彼女はできていないし、別段もてるようになったと自覚していないのだ。不安げにコバがいった。

「今度はどんな講座になるのかなあ」

美紗子から毎回まえもって内容をきかされることはなかった。いつもぶっつけ本番で、ときにはナンパ訓練のように、どこかの幹部養成講座のような究極のハードさを求められることもある。自信満々にホリブがいった。

「おれはこのコース、けっこう役に立ってると思うな」

なぜ太った人間というのは、妙に自信にあふれているのだろうか。いらつきながら、ヤノッチはいった。

「なんで、自信がもてるわけ？　おまえ、ミリアちゃんに振られてから、ぜんぜんつぎの彼女いないだろ」

ホリブの丸い頬が真っ赤になった。

「その名前をだすな。まだおれの繊細な心は傷ついたままなんだから。おれがいってるのは、最近会社や得意先の若い子に声をかけられるって話だ」

コバが身をのりだしてきた。

「なに、なんでホリブみたいなメタボが声をかけられるの」

ホリブは自分の胸をぽんぽんとたたいてみせた。

「堀部さん、やせましたか。最近スマートになった気がするけどって」

「ふざけんなよー、おまえ体重ぜんぜん変わってないだろ。というより、秋になって太ってないか」

ホリブがにやっと笑った。お腹の肉をつかんでいう。

「さすがに十五年もつきあってると、おれの体重はよくわかってるな。今、九十九キロ。そろそろ本気でやばい。でもさ、ここの講座で太目の人間の洋服の選びかたを習っただろ」

うんうんとうなずいて、コバがいった。

「太い細いは関係なかった気がするけど、ちゃんとジャストサイズの服を選んで、身体のシルエットをだすってことだよね」

ヤノッチは美人スタイリストの言葉を思いだした。スーツは肉体の醜い細部を上手に隠し、着用しているときのほうが裸でいるよりもずっと男性の身体を美しくみせるものだという。

「じゃあ、ホリブはタイトなスーツを着るようになったから、やせたっていわれるだけなんだろ。それじゃあ、ダメじゃん」

やはり皮下脂肪の厚さは自信の厚さなのかもしれない。ホリブはまったくへこたれなかった。

「いいの、いいの。どうせ女の子のまえで裸になるわけじゃないんだから、見た目だけ細ければ十分なんだよ。おれはあの洋服選びのコツを教わっただけでも、ここの受講料の元はとれた気がする。だって、あのとき注意されなかったら、着ていて楽だってだけで、一生ぶかぶかのオーバーサイズのスーツを着てたから」

「はいはい、そいつはよかったな」

ヤノッチは自分のことを考えてみた。だが、これまでのところ、支払った金額に見あうだけの成果は得ていないような気がした。それとも自分はあまりいい生徒ではないのかもしれない。どんな学校でも同じだが、もともと適性のない生徒は、どれほど優秀な教師がついてもさして伸びないものだ。自分には女性に「もてる」才能はないのかもしれない。三十三歳で独身、恋人および恋人候補は両方ともなし。新しい出会いも、このところすっかりご無沙汰だった。このままひとり身のまま老人になった自分を想像して、ヤノッチはぞっとした。

そのときレッスンルームの扉が静かに開いた。

「みなさん、ごきげんよう」

ベージュのタイトスカートのスーツはひどく高価そうだった。サイズあわせは完璧で、豊かな肉体のサイドラインをぴたりとやわらかに表現している。ホリブとコバの声がそろった。

「美紗子センパーイ」

こうして定期的に学生時代あこがれだった先輩に会えるのだから、それだけで受講料の元はとれるのかもしれないと、ヤノッチも思った。美紗子の美貌は他の大学でも有名で、学祭のときなどサークルのアメリカンドッグは美紗子が店番をしたときだけ、でたらめな売上を記録したものだ。三人とも美紗子から直接手わたしてもらいたくて、列に何度もならんだのである。

「みんな、元気そうね。だんだんと自信がついてきたんじゃないかしら。このコースも半分以上の過程を修了しています」

初耳だった。第一、モテ男養成講座はきちんと定められたカリキュラムが公開されていないのだ。

「前回は度胸試しのところがあったから、今回は女性のハートをゲットする基本にもう一度立ち返ってみましょう」

基本など習ったことがあるだろうか。美紗子がホリブを指さして質問した。

「はい、堀部くん、男性と女性を結ぶ基本的な力ってなんでしょうか」

「うーん、よくわかんないけど、Hじゃないですよね」

ホリブの冗談にも顔色を変えずに美紗子はいった。

「それも大切なことのひとつだけど、違います。じゃあ、矢野さん」

ヤノッチはじっと考えた。なんだか大学三年生のときの新卒採用試験みたいだ。あのときはほんとうに自分の価値など信じられなかった。そこではっと、思いあたる。そういえば面接でもっとも大切な力がふたつあった。

「えーっと、自己アピール力とか、コミュニケーション力ですか」

美紗子がヤノッチを見て、にっこりと微笑んだ。

「正解です。でも、自己アピールのほうは二番目に大切な力として、とっておきましょう。今日みなさんに学んでもらいたいのは、コミュニケーション能力です」

そこでコバが手をあげた。

「はい。美紗子先輩、今回の講師はどこにいるんですか」

前回はおナベのナンパ師が、以前はスタイリストやエステティシャンがいたはずだ。目のまえにいるのは美紗子だけである。

「今度の先生はわたしとみなさんです」

「えー、おれたちが……」

三人はおたがいの顔を見あわせた。誰もが自分以外のこんなにもてない男が先生かと、不満げな顔をしている。美紗子はかまわずにいった。

「いいですか。講習の時間も限られているし、あれこれとたくさんの課題をだしても、身につけるのは困難です。今日の課題、コミュニケーション力について、そのもっとも簡単な基本形を学んでいってください。いいですか、みなさん」

レッスンルームが静まり返った。美紗子はこれ以上になく真剣だ。

「男性がもつべき最大のコミュニケーション力は、いかに女性の話をきくことができるかという能力です」

ヤノッチはあっけにとられた。そんな簡単なことでいいのだろうか。話をきくだけなら、誰でもできる。コバが恐るおそるいった。

「あの、それだけでほんとにもてるようになるんですか」

美紗子は自信にあふれていた。ホワイトボードに、コミュニケーション＝女性から話を引きだし、きちんときく力と書きこんだ。

「これが一番大切な能力です。自分がいいなという女性にだけでなく、この能力を磨いて、すべての女性に誠意をもってつかってみてください」

ホリブがいった。

「どうして、自分の好きな子だけじゃダメなんですか」

美紗子はにこりとわかっているという笑顔をつくった。

「それは多くの女性が、男の人が容姿や年齢で女性を差別するかどうか、冷静に観察しているからです。相手によっててのひら返しをする男性は、女性から足許を見られていると気づいたほうがいいと思う。無駄に思えるかもしれないけど、好感度をあげるためには必要なことなんです」

なるほど、ヤノッチは心のなかでうなった。確かに男によって態度をころころと変えるのは、キャバ嬢だって客に好かれないだろう。美紗子にいってみる。

「それはわかりましたけど、さっきのぼくたち三人が先生だっていうのは、どういう意味なんですか」

「そうそう忘れていました」

美紗子はこつこつとヒールの音を立てて、部屋の左隅においてある薄型ディスプレイにむかった。スイッチをいれる。数秒後五十五インチの画面にあらわれたのは、ちいさなテーブルとそれを両側からはさむ二脚の曲げ木の椅子だった。

「これはとなりの施術室の映像です。これからひとり二十分ずつ、女性と話をしてもらいます。課題はなるべく相手から話を引きだすこと。できるだけ深く親身になって相手の話をきくこと。この二点です」

ヤノッチが漏らした。

「じゃあ、残りのふたりはこの部屋で、のぞき見するんですか」

「はい、そうです」

「えーっ……嫌だなあ」

またもホリブとコバの声がそろった。ヤノッチもまったく気がすすまなかった。相手の女性が誰であれ、こんな状況で一対一で話をするのは困難である。なによりも十五年来の友人に、若い女性相手にあわてたり、あせったりするところを見られたくなかった。

「はずかしいのはわかります。でも、おたがいの姿をきちんと見ておくことは、自分の反省にも役立つことです。最初は小林さんからいきましょう」

コバが両手を振っていた。

「いやいや、ぼくは最後がいいですって。こういうのぜんぜんむいてないんですから」

そのときディスプレイのなかで動きがあった。いきなりミニスカートをはいた若い女性が画面にはいってきて、右側の椅子に腰かけたのだ。脚を組むと、太もものかなり奥まで日焼けした肌がのぞいた。年齢はせいぜい二十一、二歳だろうか。緊張しているせいか表情は厳しいが、なかなか整った顔立ちをしている。

「おー、かわいいじゃん。これでもうすこし化粧が薄ければなあ」

ヤノッチはディスプレイに目を凝らした。こいつはまるで逆パンダだ。女の顔はコーヒー豆に近いくらい真っ黒で、目には白いアイシャドウをいれていた。こいつはまるで逆パンダだ。信用金庫でまじめに顧客係を務める頭の薄いコバが、この女となにを話すというのだろうか。長期にわたるデフレ不況に沈む日本経済のトピックなど、まったく通用しない相手に違いない。

「さあ、小林さん、制限時間は二十分ですよ。がんばってきてください」

コバは眉をハの字にさげて泣きそうな顔をしていた。

「こんなギャルは無理ですって、ぼくは渋谷にこの十年くらい足を運んだこともないんですから、勘弁してください」

「小林くん！」

美紗子の声は鞭《むち》のように鋭く、コバの薄い背中がぴんと伸びた。

「は、はい……」

「これは好き嫌いとか、得意不得意の問題じゃないの。困難な状況でも、どうやって異性とコミュニケーションをとるかという真剣な課題なのよ。いってらっしゃい」

ホリブが手をたたいていった。

「そうだ、そうだ。このおっさんもあとからいくから、おまえはせいぜい派手に散ってこい。死に水はとってやる」

気の毒だが、三人とも条件は同じだった。自分のときには、どんな相手がでてくるのだろうか。想像もつかない。ヤノッチはぽんとコバの肩をたたいてやった。耳元でささやく。

「きっと美紗子さん、一番似あいそうもない相手を選んでるんだ。たった二十分じゃないか、なんとか話をきいてみろよ。ほら、あの子が月五十万の定期を組んでくれる風俗嬢かなんかだと思ってさ。そうしたら相手がどんな無理いっても、コバはちゃんときくだろう」

コバが髪をなでつけながらうなずいた。青い顔をして、ゆっくりと立ちあがる。

「わかったよ、ヤノッチ。ちょっとがんばってみる」

コバは太った友人をにらみつけていった。

「ホリブ、おまえの番のときは徹底的にからかってやるからな」

ぎくしゃくしたロボットのような足どりで、コバは扉にむかった。無意識のうちに激しく髪をなでつけている。背中にいつものホリブの冗談が飛んだ。

「おいおい、そんなに髪にさわってると、毛根が全滅するぞ」

返事はなにも返ってこなかった。振り返りもせずに、コバは無言で部屋をでていった。極度に緊張しているようだ。ホリブが心配そうにいった。

「あいつ、ほんとにだいじょうぶかな。失神でもしたら、この講座は中止ですよね、美紗子先輩」

美紗子は人さし指であごの先を押さえていった。

「さあ、どうかしら。みなさん、生きた教材ですよ。ちゃんと観察して、メモをとってください。あとでおたがいのコミュニケーション力について討議しますからね。真剣に小林くんの能力を査定してください」

「はーい、先輩」

どこまでも陽気なデブだった。つぎは自分の番が間違いなくまわってくるのだ。ヤノッチは暗い気もちのまま、逆パンダ女がひとりで貧乏揺すりをしている映像を見つめていた。

36

薄型ディスプレイのなかで、逆パンダメイクのギャルが足を組んでいた。ブーツのつま先がぶらぶらとリズムをとって揺れている。ドアが開くと、そこにコバが背中を丸めてはいってきた。

「うわー、もうすでに押されてるなあ」

ヤノッチはつい声をあげてしまった。友人が初対面の若い女性から、どれだけ深い情報を引きだせるか。これはコミュニケーション能力を測る試験である。

「なんだかさ、コバのやつ、頭が薄いせいか妙に貫禄あるよな。教頭先生と夏休みにぐれた女子高生の面談みたいだ」

ホリブは頬づえをついてディスプレイを見つめていた。ヤノッチは体重約百キロの営業マンを横目で見て、あきれていた。つぎはこちらの番がまわってくるのだ。この男は緊張しないのだろうか。

「……こんにちは、小林紀夫です……下町の信用金庫で働いています……」

気まずい沈黙がエステサロンの施術室を圧倒した。モニターをとおして見ているだけのヤノッチもいたたまれなくなった。この回の講師、河島美紗子がちいさな声で声援を送る。

「がんばって、小林くん」

それをきいたホリブがいった。

「美紗子先輩、おれのときにもそうやって応援してくれるんですか」

「ええ、堀部くんが困っていたらね」

「だったら、その声、録音させてください。おれの携帯の着ボイスにつかうから」

ヤノッチはついいらだって叫んだ。

「うるさいな、ホリブ。すこし黙ってろ」

見ているほうはのんびりしているが、モニターのなかのコバは必死だった。汗だくになっているせいで、もともと薄い髪が海苔でも張りつけたようにぺたりと潰れている。さあ、なんでもいいから、なにか話すんだ。沈黙が長くなるほど、つぎの言葉はでにくくなる。異性が苦手な男の、絶対の法則だった。

「……あの、あなたの名前は……なんていうんですか」

緊張しきって、コバの声はかすれている。名前をきくまでに数分かかった。ヤノッチの胸が痛くなりそうだ。パンダ女がぶっきらぼうにいった。

「チヒロ」

大口定期のお得意さん相手でも、これほどの愛想笑いはしないだろう。汗だくでひきつった笑顔を固定する三十男。ホリブは笑っているが、ヤノッチは友人が気の毒だった。必死の笑顔で、コバはいう。

「……『千と千尋の神隠し』のチヒロと同じですね」

「おいおい、そこでいきなりアニメの話かよ」

ヤノッチはあきれてつぶやいた。自分ならおたくであることは隠しとおすだろう。画面のなかではパンダ女がマイクロミニの脚を組み替えた。ふたりはちいさなテーブルをはさんでむかいあっている。コバの視線がスカートの中身に釘づけになっているのがわかった。

「コバのやつ、あの状況でがっつり見てたな。さすが、むっつりスケベ」

ホリブがディスプレイにあいの手をいれた。チヒロは別にスカートをのぞかれてもまったく気にならないようだ。

「字は違うけどね。わたしのほうは尋ねるじゃなくて、広いの千広だから」

コバはよく日焼けしたすべすべの太ももから、無理やり視線を引きはがしていった。

「……いい名前ですね」

「よくいうよ、こいつ脚のことしか頭にないくせに」

チヒロがいった。

「わたし、北海道の旭川の出身なんだ。むこうは思い切り広いでしょう。それでうちの父親がつけたみたい」

「……北海道はいいところですね……あの、ジンギスカンとかトウモロコシとかホッケの一夜干しとか」

観光旅行にいっても、コバの場合夜の居酒屋のメニューしか覚えていないのだろう。逆パンダ女は薄笑いできいていた。

「あの、そんなに緊張しなくても、いいじゃない。わたしはここで二十分、男の人と話をすればそれでバイト代がもらえるって、エステで働いてる友達にきいてきただけだから」

チヒロは壁の時計に目をやった。北欧デザインのシンプルなかけ時計だ。

「もう始まってから十分近くたってるよ。お金払って話をしてるんでしょう。だったら、ばんばん話をしなくちゃもったいないよ。わたしは別にエロい話でもいいけど」

ホリブが叫んだ。

「よし、いけコバ、おまえの得意な分野だろ。AV歴十五年の底力を見せてやれ」

あっけらかんとしているチヒロの正面で、コバが顔を赤くしていた。

「……急にエロい話といわれても、その……」

「ええい、じれったいな、今日の下着の色とか、最近Hをしたのはいつかとか、好きな体位はとか、きくべきことはたくさんあるだろ」

モニターのこちらのホリブのほうがエキサイトしている。太った営業マンは美紗子のほうをむいていった。

「このテストはどれだけ相手の女性の深い情報を引きだすかが勝負ですよね。そういう質問は深い情報になるんですよね」

美紗子はクリップボードを片手にもって、盛んにメモをとりながらいう。

「それは確かにそうね。だけど、初対面でHの話しかしなかったら、女性はその人のことをそういう人だとしか記憶しないわ。今日はアルバイトだからいいけど、つぎの機会があるかしら」

美紗子が顔をあげた。順番にホリブとヤノッチを見るといった。

「男性はセックスそのもので興奮するけれど、女性は相手の男性との関係性ができたうえでないと性的な興奮は得られにくいんです。だから、遠まわりのように見えても、きちんとつきあいたいのなら、もっとたくさんの周辺情報を仕入れておきましょう。それに昔の講義でもあったわよね」

それならヤノッチも覚えていた。

「自分のことをたくさん話した相手には、誰でも好意をもつようになる。心理学的には、人は誰でもそういう傾向があるんでしたよね」

よくできる生徒をほめるように、美紗子がボールペンの先でヤノッチをさして笑った。

「……どうして東京にきたんですか」

コバがしぼりだすようにいった。エロい話はさっさとあきらめたのだろう。学生時代からの悪友がふたりきき耳を立てているのだ。チヒロは軽く眉をひそめて考える顔になった。

「うーん、やってみたい仕事があったから」

コバの声は試験の後半になって、ようやく落ち着いてきたようだ。

「それはチヒロさんの夢なのかな」

「そうだね、東京のショップで働きたいっていうのは、高校のころからずっと思ってたから。夏休みとかに東京にきて、渋谷とか代官山とか歩いていろいろなショップを見るのが、わたし大好きだったんだ」

「チヒロさんはスタイルいいし、かわいいから、その夢はかなったんでしょう。よかったね」

確かにサロン焼けした顔に目のまわりだけ白く塗った逆パンダメイクばかり目立っているが、チヒロは整った顔立ちをしていた。ブーツの長さを見ても、脚はすらりと長いようだ。だが、容姿をほめられても、チヒロは複雑な顔をしていた。

「うーん、夢は夢のままのがよかったかな」

「どうして」

「……仕事が思いっきり厳しかった」

今度口ごもるのはチヒロのほうだった。美紗子がちいさな声で鋭くいった。

「ここがポイントよ」

コバはしばらく黙ってから、そっといった。

「そうかあ、あんなふうにきれいなショップの女の子もみんなたいへんなんだね」

顔をあげたチヒロはまっすぐにコバの目をのぞきこんだ。一気にまくしたてる。

「うん、ずっと立ちっ放しの仕事で、ヒールだって低いのはダメ。うちの店では七センチ以上のヒールじゃないと怒られたんだ。つま先なんて感覚がなくなってくるんだから。夏は猛烈に冷房がはいってるのに、露出の多い自分のとこのブランドの夏物だよ。タンクトップにショートパンツで吹きだし口のしたに立っててみてよ。みんな、腰痛になってるし、脚はむくむし、冷え性で顔色真っ青だから」

コバはうなずいて、そうなんだとか、たいへんだねとあいの手をいれているだけだった。

「給料は安いし、その給料の三分の一は自分のショップの服を買うために消えちゃう。休憩所もないし、休み時間もすくないし、誰が辞めても、会社は平気な顔してるんだよね。日本全国から渋谷で働きたいって子がいくらでもやってくるから。わたしたちなんて、マックのつかい捨てのコップみたいなもんなんだよ。表面だけはきれいなカッコしてるけどさ。それでね……」

「はい、お時間です。千広さん、小林さん、お疲れさまでした」

コバが立ちあがりながら、チヒロに会釈していった。

「どうもありがとう。おかげで、なんとかカッコがついたよ。となりの部屋で、友達が見てるんだ」

チヒロは残念そうにいった。

「ふーん、そうなんだ。わたし、もっと話したいことあったんだけどな」

それは初対面の男としては、最高のほめ言葉だったのだろう。コバがない髪をかきあげていった。

「また今度、機会があったら。じゃあね」

意気揚々と施術室をでるコバを、ヤノッチとホリブはすこし悔しい思いで見つめていた。

「小林さんは合格ね」

あこがれの美紗子先輩にそういわれて、コバが薄い胸を張った。ホリブがコバの髪をくしゃくしゃに乱した。

「やめてくれよ、この髪セットがたいへんなんだぞ」

壊れものでもあつかうようにていねいに指先で、薄い髪を額になでつける。美紗子がいった。

「先ほど、わたしがここがポイントだっていいましたが、それがなぜかわかりましたか。じゃあ、堀部さん」

ボールペンでさされて、ホリブが腕を組んで考えこんだ。

「話したがっていた女性に、なにもいわずにきく姿勢を見せたってことかなあ」

「半分正解。じゃあ、矢野さんは？」

会話の流れは自然だった。ヤノッチにはなぜチヒロが急に話を始めたのか、よくわからなかった。薄毛の信用金庫マンが特別なテクニックをつかったようには思えない。

「わかりません」

美紗子がにこりと笑っていった。

「男性でも女性でも、仕事の愚痴をいいたくなることはありますね。金融危機以降、リストラで人は削減されるのに、逆に業務は増えていく。給与も毎年のようにさがっていくので、働きがいもなくなってる。でも、女性の場合はなかなかボーイフレンドに愚痴はいえないんです」

ホリブが手をあげていった。

「なんでですか。おれなんか、職場の女の子の愚痴をよくきいてますよ。まあ、だいたいが口うるさいスケベ課長の悪口だけど」

「それは堀部さんが職場の女性に受けいれられている証明だと思います。あのね、多くの男性は男の仕事はたいへんだけれど、女性の仕事はそれに比べたら楽だと頭から信じこんでいるの。だから、自分の仕事の愚痴をいうと、だいたいの場合、おれのほうがもっとたいへんなんだ。おまえもがんばれって、話もきかないうちにしかられたりすることのほうが多いんです。でも、それでは当然、女性は心を閉ざしてしまいますよね」

ヤノッチが口をはさんだ。

「でも、そういう場合どうしたらいいんですか。男だって、仕事が厳しいのはいっしょですよ。うちみたいなゲーム制作会社だと、締切まえはそれこそ一週間くらい平気で会社で寝泊まりしてるけど」

「矢野さんのガールフレンドもきっと仕事がたいへんなことはよくわかっていたと思う。それでも、自分のつきあっている相手に、自分がおかれた状況をしらせておきたい。話だけでもきいてほしい。だから、この場合の正解は、小林さんがやったように、お説教をしないことです」

ははあ、なるほど。ヤノッチもさすがにそれは気がつかなかった。きちんときく姿勢を見せるとか、相手に感情移入するとか、積極的に話を引きだすことではなかったのだ。最悪の手を避けておけば、あとは相手まかせでどうにかなる。それもひとつのコミュニケーションの秘訣かもしれなかった。ホリブがいった。

「前半の十分間、こいつはひどくあがっていたけど、あれはマイナスですよね」

美紗子はクリップボードを見ていった。

「でも、相手の女性にはそれほど悪い印象を与えていなかったようだから、おおきな減点にはならなかったんじゃないかな。まじめそうな雰囲気で、ああして緊張する男性がかわいいと思う女性もけっこういると、わたしは思います。小林さんは合格点をクリアです」

地味な信金マンがメダルを獲ったオリンピック選手のように両手をあげて、ガッツポーズをつくった。

「ざまあみろ。ぼくだって、やるときはやるんだ」

ホリブがちいさな声でいった。

「なにいってんだよ。ずっとHもしてないくせに」

美紗子はホリブを無視していった。

「では、つぎに矢野さん、同じ方法で試験を始めます。がんばってきてね」

まったく気はすすまなかったが、ヤノッチはしかたなく席を立った。コバが親指を立てて、ウインクしてくる。男のウインクなど気分が悪いだけだった。横長のテーブルがならんだミーティングルームをでて、となりの施術室にはいる。ハーブだか、アロマオイルだかのいい匂いがした。なんだか森の奥にでもはいったようだ。先ほどチヒロが座っていた席には、別な女性が背筋を伸ばして腰かけていた。タイトスカートの紺のスーツは大企業のOLのようだ。ひっつめの髪のしたの額は広く、細い黒ぶちのメガネをかけていた。ヤノッチはいつものジーンズに、Tシャツと長袖シャツのカジュアルなレイヤードである。さすがに美紗子で、自分の苦手な堅い相手を選んだものだ。

座るまえに、企業の就職面接のように曲げ木の椅子の横でお辞儀をしてしまった。

「矢野巧です。よろしくお願いします」

あらためて正面から見ると、相手の女性は同世代のようだった。アラサーの雰囲気が目尻のこじわにでている。浅く椅子に座ると、ヤノッチはいった。

「初めまして、なんだか今日はいい天気ですね」

自分でも天気の話をするなんて、バカみたいだと思う。だが、てのひらが汗でぬるぬるではいいアイディアなど生まれるはずもなかった。

「そうですね。わたしは緑川理子《みどりかわりこ》、今日は日本の少子化についてお話をするようにいわれてきました」

ヤノッチはつい三脚のうえにのせてある家庭用のVTRレコーダーをにらみつけた。こんなふうに手を変えてくるのだ。モテ男養成講座はバカにできない。

「少子化で人口が減るのは、困りますよねえ」

あやふやな常識を口にすると、理子がヤノッチをきっと見つめた。

「日本の出生率は1・2台ですね。この数字では、四組八人の夫婦から、なんとか五人の子どもが生まれるだけということになります。今回のディベートは男性と女性、どちらが少子化進行の責任が重いかというテーマだときいています。時間は二十分、ではスタートしていいでしょうか」

きいていないよと、ヤノッチは叫びたかった。ディベートのなかから初対面の相手の深い情報をききだす。それほど高度なミッションなど、会社でさえ命じられたことはなかった。理子が腕時計を確認していった。

「では、最初はわたしのほうが、少子化の責任は男性にあるという立場をとります。矢野さんは女性に責任がより多いという立場でいきましょう。では、矢野さんから、どうぞ」

背中を嫌な感じの汗が流れ落ちていくのを感じた。口のなかはからからで、頭は真っ白だ。これからの二十分間をなんとか切り抜けなければならない。となりの部屋では、この瞬間もホリブとコバが自分のことをさんざんからかっているに違いない。ヤノッチはなにもいうことが思い浮かばないまま、乾いてねばりつく口をなんとか開いた。

「それは、その、その……」

ヤノッチは自分が情けなくて、たまらなかった。となりの部屋では今ごろ、ホリブとコバが腹を抱えて笑っていることだろう。それどころか、あの美紗子姫さえ自分を軽蔑しているかもしれない。だが、急に日本の少子化の原因がなんであるかについて、それもその原因を仮に女性であるとしてディベートを始めろというほうが無茶なのだ。

相手は初対面の女性である。名前は確か、緑川理子。かちっとした紺のスーツも、お堅い黒ぶちメガネも、ヤノッチが苦手なタイプだ。だいたいディベートの技術って、なんだったっけ。えーっと結論をまず最初に声を大にしていうこと?

ヤノッチはそこで腹をくくった。

この女とは二十分間だけ話をして、それでさよならなのだ。こいつは確かに緊張するシチュエーションだが、ただの試験にすぎない。モテ男養成講座の中間試験だ。せき払いをひとつして、ヤノッチは腹に力をいれていった。

「圧倒的に悪いのは、女性のほうです」

緑川理子がきょとんと驚いた顔をした。そんな表情をしていると、堅いメガネが対照的で案外かわいい顔をしているとわかった。なんでもいいから、その結論に理屈をつけなければならない。

「だって、日本では女性が男性を選ぶという形になっていますよね。多くの女性は身近な男性に文句ばかりいっています。えーっと、顔が好みじゃないとか、収入がすくないとか、身長が低いとか……えーっと」

ヤノッチはそのとき自分の席の横においてあるビデオカメラに気づいた。このカメラにケーブルをつないで、となりの部屋のモニタに試験は実況中継されているのだ。

「それに、頭の毛が薄いとか、太っていてわき汗がひどいとか」

大学時代からの悪友の欠点だった。さんざん笑われた仕返しである。

「要するに自分のことは省《かえり》みずに、相手にばかり高い条件を押しつける女性のせいで、日本ではなかなか恋愛が発展しないんです。それなのに、がっかりしている男たちのまえで女性たちは口癖のようにいいますよね。いい出会いがぜんぜんない。あれは、ぼくはほんと失礼だと思う」

緑川理子は冷静だった。ヤノッチが全力でまくしたてたのに、冷たい微笑を浮かべているだけだ。ストッキングの脚を組み替えて、静かに話し始めた。

「多くの若い女性がそんなふうにいうのは確かですね。男性に対して失礼だというのは、そのとおりだとわたしも思います」

あっさりと女性側の非を認めた。ヤノッチは形のいいふくらはぎに見とれて、相手の手ごわさに気づかなかった。

「ですが、そんなふうに口にしても、女性たちの内心はまったく違っているんですよ。多くの女性は選びたいんじゃなくて、選ばれたいんです。それも男性から積極的にこの人がいいと選んでもらいたい」

「はあ、そうなんですか」

緑川理子の気迫に押されて、ヤノッチは間抜けなあいづちを打ってしまった。

「矢野さん、美しい羽をもっているクジャクはオスとメスどちらだと思いますか」

いきなり予期せぬ方向から矢が飛んできた。ヤノッチはなんとか防御する。

「えーっと、オスだと思ったけど」

にっこりと笑って、緑川理子がいった。

「正解です。クジャクだけでなく、自然界ではたいてい美しく外見を装うのはオスのほうです。これがなぜかわかりますよね」

辛抱強く紺のスーツの女が待っていた。大学のゼミの面接にきているようだった。プロフェッサーは当然むこうで、自分は出来の悪い学生にもどった気がした。

「メスから選んでもらうためかな」

「そうなんです。どの生物も選ばれる側のほうがより美しくなっていく。こんなに健康ですよ、こんなにきれいですよ、そして、こんなに生殖能力が高くて、あなたと元気な子どもをたくさんつくれますよ。じゃあ、人間で美しく装っているのは、男性、女性、どちらのほうですか」

完全に相手の術中にはまってしまったようだ。しぶしぶヤノッチはいった。

「……それは女性です」

「化粧品の市場は年に約二兆円といわれています。出版業界全体と変わらないくらいの規模ですね。金融危機後の不景気でも成長を続けています。多くの女性がこれほど美しくありたいと願っている。その願いにこたえて、自分から女性を選び、アプローチする男性が極端に減少している。それは確かだと、わたしは考えます」

恐ろしく理屈っぽくて、数字に強い女だった。企画会議で敵にまわしたくないタイプだ。やられたままでいるのはしゃくにさわった。ヤノッチもなんとか反対意見をひねりだす。

「だけど、女性の立場は変わりましたよね。昔だったら、ただ選ばれるだけだったかもしれないけど、今じゃ大企業では男女間で給料だってたいして変わらない。男のほうだって、いまや化粧をするやつもいれば、整形手術だって流行ってる。少子化問題は単純に選ぶ選ばれるという役割のせいじゃないと思う」

途中でなにをいっているのか、自分でもよくわからなくなってきた。なんとか着地が決まって、ヤノッチは安心した。だが、ここで気をつけなければいけない。緑川理子は相手のいうことに表面上同意して、すぐに別な角度から抵抗できないような攻撃を繰りだしてくるのだ。

「実は日本でも、結婚した夫婦はちゃんと子どもを産んでいます」

へえ、そうなんだといいそうになって、ヤノッチはあわてて口をつぐんだ。いちいち相手のいうことに感心していたら、ディベートなど不可能だ。

「ですから、少子化問題はそのまま未婚問題なんです。最新の国勢調査の数字によると二十代三十代の男性のおよそ三割が生涯未婚をとおす可能性が高いといいます。この人たちが恋愛をして、結婚をすれば、少子化問題には強い歯止めになるんです」

また得意の数字がでてきた。わかっていても、ヤノッチはぞっとした。自分も生涯未婚で、妻も恋人もいない淋しいひとり暮らしを送るのだろうか。今のところ恋人ができる予感も、つくれる自信もなかった。それはきっとコバもホリブも同じだろう。いや、あのデブだけは根拠のない過信を自分の実力に関してもっているから、案外強いかもしれない。

ヤノッチはつい漏らしてしまった。

「だけど、どうしてそんなに急に男は変わったんだろうなあ」

すこし驚いた顔をして、緑川理子がヤノッチを見つめた。

「ねえ、ほんとになぜなのかなあ。社会学者はやはり経済的な事情によるといっていますけど。年収が六百万円以上の男性は未婚率が圧倒的に低く、非正規の契約社員やアルバイトの男性の未婚率は過半数を超えているそうです。でも、お金がなくても、恋をしたり、彼女をつくったりはできると、わたしは思うんですけど」

「えっ、じゃあ、緑川さんは年収二百万のフリーターを好きになれますか」

黒ぶちメガネの女は自信たっぷりにうなずいた。

「お金はわたしが働いているから、そんなに心配いらないです。その人がほんとうに素敵な人で、どこか尊敬できるところがあれば、好きになるどころか、結婚してもいいな。わたしみたいに考える女性は決してすくなくないと思う」

理屈っぽくて嫌味な女だと思っていたのに、意外にかわいいことをいうものだった。ヤノッチは若い女性に甘いので、これくらいでちょっといいなと好感をもったりする。

「そうなんだ。フリーターのやつは、そんなことといわれたらうれしいだろうなあ」

緑川理子は身体をまえにのりだしてきた。

「そうかなあ。だけど、そこまで若い男性が萎縮しちゃうのはなぜなんだろう。矢野さんはどんな理由があると思いますか」

若い男が縮こまる理由？　そんなものは考えるまでもなかった。自分たちスイングアウト・ブラザースのことを、すこし考えればよくわかる。

「そんなの当然だよ。ずっと不景気だ不景気だといわれてきて、受験勉強ばっかりさせられた。それで大学を卒業してみたら、案の定就職氷河期が続いている。どこかで一回失敗したらやり直しがきかないし、世のなかだって冷たく放りだすよね。今の日本の社会って、若い男の可能性を見るんじゃなくて、その人間の欠点とか過去の失敗だけ評価しているじゃないか。そんなふうじゃ、恋愛みたいな大冒険はできないよ。AV見ながら、ひとりでしてるほうが、まだましだ」

さいわいヤノッチはなんとか自分の好きなゲーム制作会社に潜りこめた。けれど、大学時代の友人の半分はまだ契約社員やフリーターだし、高校や中学の友達はもっと悲惨なことになっている。

「そうなんだ。だけど、そういう男の人たちに勇気をあげられないって、女のほうも悪いのかもしれないなあ」

「それはしかたないんじゃないかな。だって、男が不安なら、女だってきっと不安なんだ」

あれ、おかしいなとヤノッチは思った。ディベートで相手を攻めなければいけないはずなのに、気がついたら女性を擁護している。しかも、女性も男性と同じように不安をもっているなんて、生まれて初めて口にした言葉だった。情けない男たちと同じ不安や恐怖やあこがれを、きっと女性も分けあっている。その考え自体がヤノッチには新鮮だった。

「三割の男性が生涯未婚になるというのは、同じ数だけの女性も死ぬまで独身ということだものね。それは多くの女性にとって不安どころの騒ぎじゃないと思うな」

緑川理子が苦しげな表情になった。死ぬまでひとりというのは男女の区別なく、やはり恐ろしい事態なのだろう。ヤノッチもなんだか胸が苦しくなってしまった。初めて顔をあわせてから、まだ十数分しかたっていない。それが急にこれほど真剣に話をしているのだ。合コンでも、お見合いパーティでも、こんなふうに女性と話ができたことはなかったかもしれない。ヤノッチは不思議に思い質問した。

「そういえばさ、なんでぼくたちディベートなんかしてるんだっけ」

緑川理子が目を丸くした。

「矢野さんはどんなふうにいわれてるの？　わたしはお友達の河島さんから、男性とふたりでディベートをしてほしいっていわれただけなんだけど」

ヤノッチはちらりとビデオカメラのほうに目をやった。肩をすくめていう。

「もう話しちゃってもいいですよね、美紗子先輩？」

隣室からの返事を待たずに、ヤノッチはいった。

「ぼくのほうはディベートなんてぜんぜんきいてなかったんです。こちらの課題は、初対面の女性からいかに深い個人的な情報を引きだせるかっていう内容で」

腕組みをして、緑川理子がいう。

「へえ、そうなんだ」

「もう正直に話すけど、ぼくは友人ふたりと河島先輩のところで、モテ男養成講座にかよってるんだ。みんなガールフレンドに振られたばかりで、まったくもてない男ばっかりだから」

くすりと笑って、紺のスーツの女がいった。

「そうだったんだ。矢野さんはまったくもてないようには見えないけど」

ヤノッチはついビデオカメラにむかってVサインをつくってしまった。

「あのさ、さっきお金がないフリーターでも、ほんとに好きならだいじょうぶっていってたよね。あのときだけ、緑川さんは本気だった感じがするんだけど」

メガネのしたでかすかに頬を赤くして、緑川理子がいった。

「ふふ、わかっちゃったんだ。わたしの今の彼、まじめですごくいい人なんだけど、なんだか腰が引けてるんだ。自分がフリーターで、わたしが正社員だっていうのが気になってるみたい」

「へえ、緑川さんはどんな仕事してるの」

「生命保険会社で、調査の仕事をしてます」

なるほどそれなら数字にも、世のなかの変化にも詳しいはずだった。

「そうだったんだ。だけど、つきあってる相手より収入が低いっていうのは、男としてはちょっと厳しいよなあ」

「やっぱりそうなのかなあ。わたしは稼げるほうが稼げばいいと思うんだ。助けあっていっしょに暮らしていけばいいんだから」

久しぶりに会った女友達のように親密な雰囲気になった。本命の彼氏がいるにしても、もっとこの人と話していたいなあと思ったところで、室内のスピーカーから美紗子の声が響いた。

「お疲れさま、矢野さん。課題は終了です。緑川さん、嘘をついていて、ごめんなさいね。でも、とてもいいお話でした。じゃあ、矢野さんはこちらにもどってください」

ヤノッチはいわれるまま椅子から立ちあがった。だが、緑川理子と離れがたくて、思い切ったひと言を口にした。

「またディベートの続きをしてもらえませんか。今度はビールでものみながら。ほかのもてないふたりも紹介しますから」

緑川理子も立ちあがっていう。

「わたしもとてもたのしかった。河島さんにアドレスを教えてもらってください」

「やったー、ありがとう」

ヤノッチは施術室をでて、みんなが待つ会議室のドアを開けた。コバとホリブがスタンディングオベーションで出迎えてくれた。美紗子もいっしょになって盛んに拍手を送ってくれる。コバが顔を上気させていった。

「すごいな、ヤノッチ。とくに最後。勇気をだして、つぎのデート誘っただろ。みんながきいてるのにさ。ほんとに感動した」

ホリブがにやにやしながらいった。

「おれたちも紹介してくれるんだろ。だったら、理子ちゃんに彼氏がいない子をそろえてもらって、合コンやろうな」

ぱんっと強く手をたたいて、美紗子がいった。

「さあ、みんな、席について」

厳しい女教師にしかられた小学生のように、三人はさっと腰をおろし、正面をむいた。美紗子がヤノッチのほうをむいていった。

「矢野さんの課題は満点でした。とくに最後のところ」

コバがちいさな声でいう。

「やっぱり、あのナンパのところだよな」

美紗子はきこえたのだろうが、薄毛の信用金庫マンをあっさり無視した。

「緑川さんの彼の話を引きだしたでしょう。彼女は例のフリーターの彼については、親しい女友達にしか話してなかったの。わたしもびっくりしちゃった」

ホリブが太った声でいった。

「おれも驚いたよ。よっぽどヤノッチがタイプだったのかな」

美紗子が笑いながら、首を横に振った。

「それはちょっと違うんじゃないかしら。わたしはポイントはふたつだったと思います。まず、矢野さんがディベート中でも相手の気もちに共感していたこと。それに、思い切ってモテ男養成講座のテストだと白状したこと。それで、緑川さんも心を開いたんじゃないかな」

コバが首をかしげながらきいた。

「だけど、モテ男養成講座の課題だってばらすのは反則ですよね」

ゆる巻きの髪を押さえて、美紗子はあでやかな笑顔を見せた。

「女はどういう状況でも、ルールを破る勇気がある男性が好きなものよ」

ヤノッチは内心でうなずいていた。あんなふうに話せたのは、となりの部屋で高みの見物をされていたのが悔しかったからだ。普段なら、あんなふうに思い切った決断などできなかっただろう。

「ぼくもなんだか女性との会話のコツがすこしだけつかめた気がします」

ホリブがガッツポーズをしていった。

「よーし、つぎはおれの番だ。断然やる気になってきたぞ。そろそろむこうの部屋にいっていいですよね。どんな美人が待ってるのかな」

美紗子がまじめな顔でうなずいた。

「ええ、どうぞ。今日は堀部さんで、最後です。がんばって」

ホリブが部屋をでると、美紗子がリモコンで液晶テレビのスイッチをいれた。画面に映っているのは、ホリブと同じくらい太った女性だった。ヤノッチは思わず笑ってしまった。

「美紗子先輩って、ほんとはいじわるなんですね」

コバも腹を抱えながら笑っている。

「ははは、ホリブは自分と同じ太めの子が苦手なんだよなあ。ぼくのときはギャルで、ヤノッチにはお堅いOL、ホリブには太っちょ。美紗子先輩って、悪女ですよね」

美紗子はなにもこたえずに、笑っているだけだ。モニタのなかでドアが開き、ホリブが自分の相手を見て、目を白黒させていた。ヤノッチもつい笑ってしまった。コバが叫んだ。

「ホリブ、彼女からちゃんと体重をききだせ。そいつが一番の個人情報だ」

さて、あの自信過剰のホリブがどんなふうに、女性の心を開かせるのか。ヤノッチは真剣に液晶ディスプレイのなか、むかいあうすこし太めの男女に目を凝らした。

37

めずらしくモテ男養成講座のない土曜日の午後だった。

冬空はきれいに晴れあがり、恵比寿ガーデンプレイスの超高層ビルのうえに、子羊のような雲のかけらをいくつか浮かべているだけだ。いつもの三人組は、用もないのになぜかオープンカフェに集合していた。

見事なほど同じタイミングでガールフレンドに振られたうえに、趣味もなく、友人がすくないという共通の条件もある。週末の予定が真っ白なのは、おたがいに気づいていたが口にださないことだった。

清涼飲料水の営業マン、堀部俊一が砂糖を山盛り二杯いれたカフェオレをすすっていった。

「なんか、美紗子姫のレッスンがないと、張りあいがないな」

ゲーム制作会社でプログラマーをしている矢野巧がだるそうに返した。

「ホリブ、やせるのももてるには必要なんだろ。そろそろ砂糖を山みたいにいれるのやめろよ。まあこうして、いつもの面子《メンツ》の顔を眺めてるのは、確かにおもしろくもおかしくもないな」

信用金庫の顧客係で、いつも自転車で街を走りまわっている薄毛の小林紀夫は、ボリュームがでるという新しいスプレーをたっぷりとかけた頭を直している。

「だけどさあ、ぼくたちみんな、昔に比べたら明らかにレベルアップしたよね。最近、女の子と話すのが怖くなくなってきたよ」

それはヤノッチも感じていたことだった。きちんと相手の話をきき、共感能力を磨く。あとは度胸さえつけば、女性の相手はそれほど恐ろしくはなかった。ホリブがおおげさに身震いした。胸がグラビアアイドルの縄跳びのように揺れる。

「でも、おれ恵比寿駅の改札、いまだに近づけないよ。あそこでむちゃ振りの街頭ナンパをさせられたのは、しっかりトラウマになったな」

ヤノッチがいった。

「男の癖に胸揺らすな」

コバが口のなかでぶつぶつつぶやいている。

「男でも女でも、胸の脂肪なんてたいして変わらないのに、なんで女の子の胸って……」

三人は大学時代から十五年を超える腐れ縁だった。ヤノッチがアイスコーヒーをのんでいう。

「そりゃあ、こっちだって街頭ナンパはきつかったさ。でも、あれはなかなか勇気と度胸はつくよな。いざとなれば、駅前でランダムに声をかければ、三十人にひとりくらいはうまくいく。三日も立ち続ければ、彼女くらいすぐにできるってさ」

「うわー！」

今度震えあがったのは、ホリブではなくコバだった。

「やめてくれよ。あんなこと三日も続けたら、寿命が縮む。ぼくは街頭ナンパだけは、絶対にしない。だいたいそんな方法で恋人ができて、家族や親戚に紹介するとき、なんていうんだ」

ホリブはにやりと笑った。

「もちろんナンパだろう。すくなくとも、テレクラや出会いカフェよりはマシだ。だいたいソープで出会って結婚する夫婦だっているんだから、出会いの形を差別しないほうがいいだろ」

「だから、やめろよ。ソープでしりあったなんていったら、うちの親は気を失うと思う」

ヤノッチもホリブの意見に賛成だった。男と女など、どういう形で出会って結ばれるか誰にもわからなかった。

「なあ、ひとり二十人ずつ、これから恵比寿の改札で声をかける練習しないか」

ひーっとコバが細い悲鳴をあげたので、ヤノッチとホリブは腹を抱えて笑ってしまった。気分のいい土曜日の午後である。ランチをすませて、身体はのんびりリラックスしている。

「嘘だよ。そんな猛特訓いきなりやるわけないだろ」

ホリブが胸をたたいていった。

「いや、おれは十人くらいなら、街頭ナンパもしたいくらいだな。もしかしたら、美紗子さんみたいにものすごい美人に遭遇するかもしれない」

コバが化け物でも見るように太った営業マンに目をやっていった。

「ナンパは反対。それはやめといて、今日は夕方までどうする？　映画でも観る、散歩でもする、セレクトショップでも見る？」

夕方から有楽町のガード下の焼き鳥屋でのむことになっている。ヤノッチがにやりと笑っていった。

「コバも進歩したな。このレッスンが始まるまえなら、絶対にデパートっていってただろ。こっちとしては、ちょっと文化的な気分だな。すぐ近くだし、恵比寿の駅ビルの本屋でものぞいてみないか」

河島美紗子の男性エステコースには、きちんと文科系のレッスンもカリキュラムにはいっていた。専門の講師といっしょに美術館をまわったのは、いい思い出だった。もちろん三人ともあれから美術館などに足は運んでいない。だが、本屋はまた別だった。女性を落としたければ、本を読めというのはなかなか役に立ちそうなアドバイスだった。

まず本は社交の道具だから、感想をいいあうだけで間がもつ。相手に読書好きで教養がある印象を残すことができる。言葉の力や共感力があがって、コミュニケーション能力が伸びる。きちんと本を読んでおけば、人としての能力が底あげされて、自然に異性にもてるようになる。これはすべて本屋レッスンの講師の受け売りだが、ヤノッチはまんざら嘘ではないと考えていた。

おまけにつけ加えるなら、女というものはさして意味のない雑学的な知識に妙に感心するものだ。日本の首相とアメリカの大統領、歴代で数が多いほうはどちらなんてクイズにこたえると尊敬の目で見られたりする。この問題の正解は日本だが、思っているほどの大差はつかない。

ホリブがいった。

「ヤノッチは毎月本屋にいって、ちゃんと一万円買ってるか」

「うん、まあな。ゲームをつくる仕事柄、今なにが流行りかくらいは仕入れておかなくちゃいけないし」

「ホリブは？」

「おれは最近ぜんぜん本屋いってない」

ヤノッチはつぎにコバを見た。薄毛の信用金庫マンは、黙って首を横に振った。ヤノッチは伝票を手にしていった。

「よし、じゃあ本屋いこう。あのレッスンのときと同じで、あとでなんの本を買ったか、おたがいにチェックしあうからな」

「ＯＫ！」

ヤノッチはこの方法が気にいっていた。ひとりで本を選ぶよりも、すこしだけ背伸びしたい本を選べるような気がするからだ。悪友に見られるのがわかっていれば、間違ってもアイドルの写真集など手にすることはない。だいたい文化的な活動というのは、普段の自分よりすこし背伸びしたくらいがちょうどいいのだろう。ありのままの姿を見せたりしたら、自分でも背筋が寒くなりそうだ。

レジで割り勘の会計をすませると、三人はよく晴れた冬空のした、駅前のロータリーをわたって、恵比寿の駅ビルのやけに長いエスカレーターにのりこんだ。

書店にはいるまえに、ホリブがいった。

「なあ、さっきエスカレーターのうえにいた超ミニの女の子の足見たか？　ピンク色のネットのストッキングって、どこで売ってるんだろうな。あいつは最高だった」

その娘は顔は地味だったが、足の形のよさは見事なものだった。多くの男性と違って、女性は自分の魅力の見せかたが巧みだ。ヤノッチがいった。

「じゃあ、今から二十分後にここに再集合な。各自最低三冊は本を選ぶこと、いいか、みんな」

そのとき、コバが叫んだ。同時にエスカレーターのむかいを指さす。

「ねえ、あれ美紗子先輩じゃないか」

のぼりとくだりの二本のエスカレーターをはさんだむかいの通路を、エステ「サロン・ド・アクア」のオーナーで、学生時代全校のマドンナだった河島美紗子が、真剣な顔で歩いていく。距離は六、七メートルはあるだろうか。まったくこちらに気がついていないようだった。ホリブがいった。

「今日は美紗子姫も仕事はオフだったよね。なんか、いつもと感じが違うと思わないか」

それはヤノッチも感じていたことだった。ワンピースの胸のえぐりも深いし、ウエストの絞りもきつい。夜の仕事の女性のように妖艶なスタイルだった。手には毛皮のコートをもっている。ヤノッチはいった。

「これはなにかありそうだな」

美紗子の男性関係については謎が多かった。三人がきいても笑ってこたえないし、エステの従業員にきいても誰も確かなことはしらなかった。ホリブがうなずいていった。

「今日は本屋はやめて、ちょっと美紗子姫の素行を調査してみようか」

コバがごくりとつばをのんでいった。

「それはいいですねえ。なんだかスリルがあるなあ」

ヤノッチもぎゅっとげんこつをにぎって、ちいさくガッツポーズをつくった。

「よし、予定変更。これでだんだんおもしろくなってきたなあ。みんな、ばれないように静かに美紗子さんのあとをつけるぞ」

コバが感動していった。

「いつか尾行をしてみるのが、夢だったんだ。今日はなんかすごくついてる」

ヤノッチがコバの肩をつついた。

「いいから黙れ。いくぞ」

三人は一定の距離をとって、左右にやわらかにスイングする美紗子の形のいい尻のあとをつけていった。

河島美紗子は後方にはまったく注意を払っていないようだった。まっすぐに恵比寿の駅ビルの通路をすすみ、エスカレーターにむかう。くだりのエスカレーターにのりこんだ。ヤノッチはすぐにあとに続こうとしたホリブにいった。

「待て、ちょっと間隔をあけよう。エスカレーターは折り返しがあるから、あまりすぐあとにのると、正面から顔を見られるだろ」

美紗子がしたのフロアにつく直前に三人は押しあいながら、エスカレーターにのった。つぎの階では美紗子はとまらずに、エスカレーターをのりついでいく。三人もあとに続いた。ホリブがいった。

「姫はどこにいくんだろうな」

「わからない」とヤノッチ。

話しているあいだにも美紗子はつぎつぎとエスカレーターをおりて、ＪＲの改札口がある二階に到着した。そのまま切符売り場に歩いていく。このあたりは開けているので、三人は太い柱の陰に身を隠した。コバがいった。

「電車にのるみたいだよ」

美紗子が改札を抜けると、三人はダッシュで券売機にむかった。走りながら、ヤノッチがいった。

「誰か、姫がどのボタンを押してたかわかるやつ？」

ホリブが百円玉を投入しながら叫んだ。

「一番安い百三十円だ。おれがまとめて買うから、改札にいってろ」

こんなときはさすがに十五年の腐れ縁が、素晴らしいチームワークを生んでいた。改札まえで切符を受けとり、ヤノッチは恵比寿駅の構内にはいった。美紗子の背中がホームにおりる階段に消えた。

「さあ、走れ」

ホームから発車のメロディが流れてきた。恵比寿はビールのＣＦにもつかわれた「第三の男」ののんびりしたメロディだ。土曜日の午後ののんびりした人波のなか、三人は一段飛ばしで階段を駆けおりていく。

休日の美紗子はあんなに色っぽいドレスで、いったいどこにむかおうとしているのだろうか。あこがれのマドンナを尾行するのは、ぞくぞくするようなスリルだった。外回りの山手線のステンレスの車両がホームに滑りこんできた。

三人は美紗子から見えないように階段を逆にまわり、すこし離れたキオスクの陰から美しい先輩を監視した。美紗子が外回りの電車にのりこむと、一拍遅れてとなりの車両に飛びこんだ。

「駆けこみ乗車はおやめください」

電車のなかではアナウンスがやかましかったが、三人のスイングアウト・ブラザースはおたがいの顔を指さして笑った。こうなれば、どこまでも美紗子姫を追っていくのだ。線路の音も高らかに電車は走る。三人の胸の鼓動も、それにあわせて高鳴るのだった。

山手線は渋谷駅のホームに滑りこんだ。ホリブが声を殺していった。

「百三十円の切符なら、ここでおりるはずだ。どうだ、ヤノッチ」

ヤノッチはとなりの車両に乗りこんだ大学時代から十五年越しのマドンナ・河島美紗子を注意深く目で追っていた。美紗子はやけに身体のラインを強調したドレスで、気だるそうに扉にもたれている。

「まだ動きはない。でも、こっちもおりられるように準備だけはしておこう」

停車した車両のドアが開いた。美紗子がホームにおりるのを確認した。ヤノッチは一拍おいていった。

「姫がおりた。いくぞ」

さすがに渋谷駅のホームは、恵比寿とは比較にならない人出だった。コバが感心したようにいった。

「ほんとに刑事もののテレビドラマみたいになってきた。なんだかぞくぞくするなあ。今度から、街でかわいい子を見かけたら尾行してみようかな」

ホリブが厚いてのひらで、コバの薄毛の頭をたたいた。

「やめとけ。それは犯罪だろ。ストーカーでつかまるぞ」

美紗子は自分が誰かにつけられていることなど、まったく気づいていないようだ。ヤノッチは不思議に思った。これほど尾行が簡単なら、いくらでも自分のお気にいりの相手と偶然を装って街で出会えることだろう。渋谷駅の人の多さは、尾行する側に有利だった。これだけ人がいればいくらでも身を隠すこともできたし、ターゲットと同じ方向に歩いていても不自然には見えない。

美紗子は南改札をでると、駅前の交差点をわたるために、歩道橋にあがった。形のいい脚とゆったりとしたリズムで揺れる尻が三十代の女性のやわらかな美しさを示している。ホリブがうっとりとしていった。

「あーあ、おれもストッキングになって、あの太ももとふくらはぎにぴったり張りつきたいよ」

階段をのぼりながら、ヤノッチも似たようなことを考えていた。そうしたら、美紗子の汗で自分の全身が湿ることだろう。実に悪くなかった。コバがいった。

「ぼくは断然、マフラーのほうがいいなあ。姫の細い首をひとまわりして、胸の谷間に垂らしてもらいたい」

「いつまでも胸が好きだなんて、おまえは子どもだな」

同じ三十代のホリブがコバにいった。この話題ならひと晩でも話せそうだった。女性の胸がいいか、尻がいいかは、男たちにとって、永遠の難問だ。美紗子は青山通りで歩道橋をおりると、神泉にむかう長い坂道をのぼりだした。

このあたりまでくると人どおりは、駅よりもかなりすくなくなっていた。三人は距離をおいて、ゆっくりとついていく。コバがいった。

「この先になにかあったかな。だんだんオフィスビルばかりになってきた」

ヤノッチも周囲を見わたしてみた。渋谷の西口には道玄坂のように飲食店やラブホテルは存在しなかった。大型のオフィスビルが通りの両側に渓谷のようにそびえている。銀行や証券、流行のIT系企業の看板が目立っている。

なかでもひときわ背の高い超高層ビルがすぐ左手に見えた。

「あれ、ホテルだよな」

ヤノッチがそういうと、ホリブが返事をした。

「そうだ、セルリアンタワーのなかには、ホテルがはいってる」

コバが薄い頭をかきむしった。

「みんなのあこがれの美紗子姫が、土曜日の昼間からホテルにいくなんて」

「おいおい、ホテルには泊まりにいくだけじゃないだろ。レストランもラウンジもあるし、女性同士だってよくつかうはずだ。渋谷には大人がいけるような静かな喫茶店もすくないしな」

ヤノッチはそういいながら、心のなかでは別なことを考えていた。普段よりもぐっと色っぽいドレスには、きっと意味があるに違いない。女友達と会うために、ざっくりと胸が開いた服など着るだろうか。遠めからでも、美紗子の胸元の白さは目立っていた。

美紗子はホテルのエントランスでドアマンに会釈して、ガラスの自動ドアのなかに消えた。三人は高級そうなホテルのまえで立ちどまった。見あげると地上数十階の巨大な建物が、渋谷の空の半分を占めている。コバがいった。

「どうしようか」

ちょっと緊張してきたのは、ヤノッチも同じだった。このまま尾行を続けて、美紗子の恋人を確認するのが正解なのだろうか。美紗子がホテルにはいったのは、デートである可能性が高かった。ホリブがにやりと笑っていった。

「どうせだから、最後まで見届けようぜ。別にばれても、笑ってごまかせばいいさ。それにさ、あれだけ完璧な美紗子姫がどんな男を選ぶのか、チェックしたくないか。おれたち三人、ずっとダメだしばかりされてきたんだからさ」

考えてみると、これまでの八カ月ほど美紗子のエステサロンの「モテ男養成講座」の第一期特待生として、散々な特訓に耐えてきた。いつもぶっつけ本番で厳しい課題を与えられてきたのである。先生の秘密をのぞきみるのは、こたえられないスリルでもあった。

「よし、わかった。こうなったら、前進あるのみだ。万が一むこうが先に気づいても、白《しら》を切りとおすんだぞ」

ヤノッチを先頭に、三人のもてない男はやけに高級な雰囲気のエントランスにむかっていった。

渋谷駅のすぐ近くなのに、ロビーのなかは静かなものだった。半円形の大理石張りのロビーのあちこちにホテルマンが立っていて、なぜかにこやかに挨拶してくる。フロントでは外国人の観光客がチェックインの手続きをしていた。

ヤノッチは素早く周囲に視線を走らせた。ロビーから一段低くなったラウンジには、ソファセットが散らばり、その奥は枯山水《かれさんすい》のような石庭《せきてい》になっている。コバがため息をついていった。

「やっぱりデートって、こういうところじゃないとダメだよなあ。渋谷に京都みたいな庭があるなんて、ぜんぜんしらなかった」

美紗子の姿が見えなかった。エレベーターでうえの客室にあがっているのなら、もうここで尾行はおしまいだった。その場合は考えたくないことだが、部屋に男が待っていて、あれやこれやと男女のことをおこなうのだろう。つきあっていなくても、身近な美女が人のものになるのは、残念なことだった。

ロビー正面のラウンジのほかに、奥にいくとカフェテラスがあるようだ。ヤノッチはそちらのほうに歩きながら、ふたりに声をかけた。

「ラウンジにはいないみたいだ。奥のカフェをチェックして、姫が見あたらなかったら、もう引きあげよう」

ヤノッチはレジのまえに立つウエイトレスに待ちあわせだといって、カフェテラスのなかに足を踏みいれた。見た目とは違って、奥にむかってかなりの広さがある店だった。楕円形のフロアを半分ほどすすんだところで、ヤノッチはぴたりと停止した。

「急にとまんなよ。ぶつかるだろ」

ホリブが太った声で文句をいった。ヤノッチは声を殺していった。

「いた。姫だ」

美紗子は窓際のテーブルに座っていた。ふたり用のテーブルの正面には、四十代のダークスーツの男が両手を組んで腰かけていた。背中越しに見える左手に冬の淡い日ざしが落ちて、薬指の銀の指輪が光っていた。コバがいった。

「あの男……」

ホリブが続けた。

「……なんだか結婚してるみたいだな」

ヤノッチは自分ではまったく好きではない言葉を口にしていた。

「不倫か、なんだか重たい展開になってきたな」

そのとき、背中から声をかけられた。

「お客さま、お待ちあわせのかたは見つかりましたでしょうか」

三人は顔を見あわせた。しかたない。このまま店をでることもできないだろう。コーヒーの一杯でものんでいけばいいか。ヤノッチはいった。

「まだきてなかったみたいです。そこの空いてる席をつかってもいいですか」

窓際とは反対の奥の壁際のボックスシートを、ヤノッチは示した。

「はい、どうぞ。ただいまメニューをおもちします」

ウエイトレスがいってしまうと、コバが漏らした。

「なんだか困ったな。こんな展開になるなら、尾行なんてするんじゃなかった。美紗子先輩のイメージが、がらがらと崩れていくよ」

「まあ、いいからおれたちも座ろう」

ホリブはそういうと、太った身体をボックス席に押しこんで腕を組んだ。

メニューを見て真っ先に驚きの声をあげたのは、下町の信用金庫の顧客係だった。コバは広い額に手をあてていった。

「コーヒーが千円って、どういうことなんだ。ここはデフレのニッポンじゃないのかな」

ヤノッチは同じく千円のオレンジジュースに決めた。目で美紗子の動きを見ながらいった。

「うるさい。こういうところは場所代と雰囲気代が半分なんだよ。ここでどっかのチェーン店みたいにコーヒーが二百五十円でペイできると思ってるのか」

ウエイトレスが注文を取りにきた。コバはホットコーヒー、ホリブは生ビールだった。尾行で体力をつかったのだろうか。真冬だが、暑いあついといって、ホリブはシャツ一枚になった。そのホリブが額に汗を浮かべ、腕を組んだままぼそりといった。

「なあ、おまえたちは不倫って、どう思う」

まだ独身の三人である。ヤノッチにとって、それは別な惑星の出来事に等しかった。

「いいも悪いも、みんなしてることなんだろ。おれたちは結婚してないから、まだできないけど」

コバが生真面目にいった。

「ぼくは不倫はよくないことだと思う。ばれたときのダメージがでかいよね。それは俳優とかタレントだけでなく、普通の会社員だって。うちの信用金庫でも、支店内で不倫がばれて、男のほうは別な店に飛ばされて、女は辞職させられたよ」

ヤノッチが働くゲーム制作の会社では、そこまで社内モラルは厳しくないようだった。

ホリブがいった。

「おれは恋愛って、一番人間らしいおこないだって思うんだ。ってことは、絶対に間違いを犯すってことでもあるんだよな。いつも人に祝福されるばかりが、恋愛じゃないんじゃないかな。なあ、ときにさ、おれたちって、人にはいえない相手とつきあうことがあるよな」

この太っちょもたまにはいいことをいうものだった。コバが肉のたるんだホリブのわき腹をつついた。

「このー、おまえ、人妻とつきあったことあるんだろ。白状しろ」

ヤノッチはいつか結婚した自分を想像してみた。結婚したら、あとの何十年か妻以外の女性には目もくれずに生きていけるのだろうか。そんなことを考えると、結婚自体が恐ろしくなる。

「こっちには不倫がいいのか、悪いのかなんて、よくわかんないよ。でも、女性週刊誌みたいに神経質に攻撃しようとは思わないな」

ちいさな悲鳴がきこえた。美紗子の声だった。店中の視線が窓際のテーブルに集中している。男は自分の頬を押さえ、美紗子は目元を隠して泣いているようだった。ヤノッチは質問した。

「なにがあった、ホリブ」

ホリブの座り位置から、美紗子がななめ正面に見えるはずだった。

「ちょっと目を離してた。でも、姫が男を引っぱたいて、それから泣きだしたみたいだ」

コバがいった。

「なに話してたか、わかんないかな」

ホリブは首を横に振った。

「無理だ。唇でも読めなくちゃ、会話の中身まではわかんないよ。でも、あの険悪な雰囲気は、男のほうが約束でも破ったのかなあ」

ヤノッチがつけ足した。

「あるいは、別れ話とかな」

コバがちいさく手を打った。

「いいんじゃないか。妻子もちのオッサン相手なんて、美紗子先輩がもったいないよ。さっさと別れちゃえばいいんだ」

窓際のテーブルで動きがあった。男が伝票を手に立ちあがったのだ。美紗子はまったく男に目をあげようともせず、正面をにらんだままだった。男はなにかひと言声をかけると、コートを手にレジにむかってしまった。長身で髪も長く、スーツがよく似あっていた。ヤノッチは指揮者みたいな男だと思った。ああいう気むずかしそうな文科系が、美紗子の好みなのか。

「なあ、おれたち、これからどうする」

ホリブが淋しげにいった。コバが返事をする。

「予定では有楽町のガードしたで、焼き鳥で一杯のはずだったんだよね」

陽気な気分はすっかり消えうせていた。ヤノッチがこぼした。

「あーあ、こんなことなら尾行なんてしなけりゃよかった」

急にホリブがおおきな身体を縮めて、小声で叫んだ。

「あっ、やばい。美紗子姫に気づかれた」

ヤノッチの背中に冷たい汗が流れた。コバの髪も衝撃でぺたりと力なく頭皮に張りついている。コバが恐るおそるいった。

「姫、こっちにくるぞ」

コバがいった。

「神さま！」

しばらく時間がとまった。ヤノッチは息を殺して、美紗子の到着を待った。もしかしたら八つ裂きにされるかもしれない。きっとモテ男養成講座も、今日でおしまいだ。特待生よ、さらば。

「ちょっと、ここの席いいかしら」

三人は顔をあげられなかった。美紗子の声がきいたこともないほど、やわらかで優しげだったからだ。ヤノッチの声はかすれてしまった。

「……どうぞ」

美紗子がホリブのとなりのボックス席に腰かけると、いい匂いがあとから流れてきた。優しく恐ろしい声で美紗子はいった。

「それで、あなたがたはいつからわたしのあとをつけていたの」

コバがあわてて手を振っていう。

「尾行しようなんて気はぜんぜんなかったんです。美紗子先輩を見かけて、いつ声をかけようか迷っているうちに、こんなところまできてしまって。ここはすごく素敵なホテルですね、初めてきました」

美紗子の笑顔は仮面でもつけているように固定されていた。静かに繰り返す。

「いつからつけていたの」

ヤノッチがしかたなくいった。

「恵比寿の駅ビルから、ずっと。最初はほんとに冗談のつもりだったんです。すみません」

ホリブが胸の肉を揺らして、頭をさげた。

「美紗子先輩、こんなことになるとは、おれたち誰も予想できませんでした。許してください。悪気はなかったんです」

「そうね、誰が悪いわけじゃないんだものね。悪いのは、わたしなのかな」

美紗子の声が変わっていた。ヤノッチはわずかに顔をあげて、うわ目づかいで美紗子を見た。さっきまで泣いていた目は、かすかに赤いだけだ。片方の頬に自嘲するようなゆがんだ笑いが浮かんでいる。

「女性のあとを尾行するのは、あまりいい趣味とはいえないな。みなさん、以後こういういたずらは二度としないように」

ホリブも顔をあげた。

「じゃあ、許してくれるんですか」

「ええ、尾行したことはね。あとはみなさんではなく、わたしのほうの問題だから。それでとり乱して、怒りをあなたたちにむけるのはフェアではない。わたしは今そう思ったの」

ヤノッチは思い切って質問した。

「さっきの人、美紗子先輩の彼だったんですか。見間違いかもしれないけど、結婚指輪してたような気がしたんだけど」

ふっとため息をつくように美紗子が笑ってみせた。肩から力が抜けて、背中が丸くなったようだ。

「ええ、そうね。あの人には奥さんがいる。子どもはいない。結婚はうまくいっていなくて、もう別れたようなものだって、二年まえからずっといっていた」

ホリブがいった。

「じゃあ、美紗子先輩、あの男が離婚したら、結婚するつもりだったんですか」

美紗子がさばさばといった。

「すくなくとも、この二年間はずっと結婚してくれといわれてた。プロポーズが三十女には効果的だって思っていたのかなあ」

ヤノッチは美紗子の様子を観察していた。もう山場は越えたようだ。美紗子は冷静に自分を観察する余裕をとりもどしている。

「でも、さっき美紗子先輩、あの男を引っぱたきましたよね。なにがあったんですか」

そのときだけ目がつりあがったように見えた。女は恐ろしい生きものだと、ヤノッチは予期せぬ課外授業で学んだ。もっともこの教訓は、先生には決していえないものだ。

「あの人、急にもうわたしとは結婚できなくなったといったの。奥さんが妊娠したんですって。四十歳をすぎて、初めての赤ちゃんで、おおよろこびしていた。ずっと家庭内別居だったはずなんだけどね。わたしもバカね」

「美紗子先輩はバカじゃありません」

テーブルをたたいて、コバが叫んだ。顔を真っ赤にしている。薄い髪のしたの地肌まで真っ赤である。

「悪いのは、あの男のほうでしょう。離婚するから結婚しようって嘘をついたのは、それだけ真剣だと信じさせるためでしょう。美紗子さんが相手の気もちにこたえようとしたのは、ぜんぜん悪いことじゃなかった。すくなくとも、ぼくはそう思います」

コバが真っ赤な顔で震えていた。恐ろしく真剣な表情で、テーブルの水を一気にのみほした。

「でも、美紗子さんみたいに素敵な人が、結婚している男とつきあうなんて、もったいないです。養成講座でよくいってましたよね。女性は星の数ほどいる。そのなかに必ず自分にぴったりの人がいるから、あきらめずに探していきましょうって。あれは嘘じゃないですよね。ぼくにも、ホリブにも、ヤノッチにも、それに美紗子さんにも、いつかぴったりの人がやってきますよね」

ボックス席の空気がしんと静まった。誰もが黙りこんでしまう。美紗子が手を伸ばして、震えているコバの腕をぽんぽんと軽くたたいた。

「そうね、ほんとうに小林くんのいうとおりだな。わたしもすこしあせっていたのかもしれない。もっときちんと自分の心の声をきいておけばよかった。あの人が結婚しているかいないかではなく、きちんと誠実につきあえる相手なのか、人を見る目がなかったたな」

ホリブがいった。

「だけど、さっき別れたんでしょう」

「そういうことになるのかな」

太っちょが急に元気になった。

「だったら、美紗子先輩は苦しい恋からようやく抜けだせたんだ。祝杯をあげさせてください よ。おれたち今夜は有楽町のガードしたで、飲み会をやる予定だったんです。美紗子さんもどうですか」

美紗子は笑いながらいった。

「有楽町はちょっと遠いから、恵比寿にあるわたしがよくいくイタリアンで、祝杯をあげるっていうのはどうかしら。みんなもいるし、すこし酔いたい気分だなあ」

ホリブが胸をたたくと、シャツのしたで脂肪の塊が揺れた。脂肪細胞に男女の差はあるのだろうか。ヤノッチは頭のなかで、考えてみる。コバがウエイトレスにむかって、手をあげた。

「真剣に話をしたら、のどが渇いちゃった。恵比寿までもちそうもないから、ここで生ビール一杯やっていいですか」

ホリブが親指を立てていった。

「おれも追加で」

美紗子も笑っていう。

「じゃあ、わたしものんじゃおかな」

ヤノッチは近づいてくるウエイトレスに、四本の指を立てて注文した。

「生ビールよっつ。それから、なにか適当につまみをつけてね」

さてさて夜はこれから長くなりそうだ。別に今夜は電車のある時間に帰らなくてもいいだろう。本格的にのみ始めるために、ヤノッチはじっくりと腰をすえた。

38

「いやあ、驚いたなあ」

ヤノッチがそういって、となりを歩くホリブの格好を見つめた。太っちょの営業マンは、紺のブレザーにチェックのパンツ。白いシャツの襟元には、初めて見る水玉模様の蝶ネクタイをつけていた。信用金庫の顧客係、薄毛のコバがいった。

「それ、ゴムでできてるやつなの？　首は苦しくない」

そういうコバもベージュのコットンスーツだった。シャツはなんと、ピンクと白のストライプだ。学生時代から十五年、この男がピンクを着ているのは見たことがない。ホリブが蝶ネクタイを水平に直しながらいった。

「いいだろ、これ。ゴムじゃなくて、自分で結んだんだぞ。ネットで見て、ちゃんとできるようになるまで、一時間もかかった」

ヤノッチが笑っていった。

「おまえ、必死だな」

にやりと笑って、ホリブが交互にコバとヤノッチを見た。

「おまえらもな」

ヤノッチも自分のファッションを見おろした。グレイのレザージャケットに白いパンツ。ネクタイはしていないが、シャツはきれいなブルーだ。どれもおろしたての新品だった。

ヤノッチが質問した。

「やっぱり、みんな、今日のために新しい服をそろえたのか」

ホリブが胸を揺らしてうなずいた。コバは無理やり額に盛りあげた髪をなでながら、やはりうなずいてみせる。ホリブが真剣な顔でいう。

「長く続いた養成講座の卒業試験だもんな。がんばらないわけにはいかないだろ」

コバがシャツの袖から、わざとらしく腕時計を見せた。ロレックスのエクスプローラーだ。機械式腕時計の趣味などなかったくせに、驚いた。

「ぼくなんか服だけじゃなく、これも買ったんだ。今日は絶対に負けられない。投資額が違うし、ぼくがトップで卒業する」

ホリブがからかうようにいった。

「ものでつるとは、浅ましいねえ。腕時計のひとつくらいで、おまえが金もちの坊ちゃんに見えるはずないだろ」

ヤノッチはふたりのやりとりを笑いながら、横目で見ていた。強い春風が通りの奥から吹き寄せてくる。まだすこし冷たい南風だ。表参道の長い坂道を、モテ男養成講座の三人は歩いていた。頭上にはケヤキ並木の新緑が浅い海のように広がり、風に波立っている。

「えーと、もらった地図では、このあたりを左に曲がるんだよな」

表参道には海外の高級ブランドの路面店がずらりとならんでいた。なんだか歩いているだけで、通行料でもとられるような気分になる。三人の普段の生活圏とは、まったく異なる街だった。美紗子はここで、養成講座の最終試験を開くという。

三人はガラス張りの温室のようなカフェの角を曲がった。店内をのぞくと、窓際の席には外国人とおしゃれそうなカップル、奥のひと目につきにくそうな席にはおばちゃんたちの集団が座っている。コバがぼそりといった。

「おれたち三人だと、やっぱり奥の席だよなあ」

ホリブが立ちどまったコバの背中をグローブのような手でたたいた。

「いいからいくぞ。闘うまえにあまり悪いイメージをもつなよ。おまえがガチガチに緊張して、こっちまであがるの嫌だからな」

ヤノッチももう笑えなかった。試験と名のつくものは子どものころから大嫌いで、大の苦手だ。しかも、このふたりのまえでしくじったら、一生からかわれることになる。路地を曲がってしばらくいくと、静かな住宅街になった。名前のある建築家が建てたようなしゃれた家がならんでいる。コバがいった。

「なんだか住宅展示場みたいだね。どんな金もちが住んでるんだろう」

ヤノッチは手にした地図を見ていた。

「もう、このあたりのはずなんだけど」

目的地はフレンチのレストランだった。立て看板も、紺と白と赤の三色旗も、見あたらない。三人のまえにあるのは、緑のおい茂った庭で、そこに白い木製の門が埋もれるように立っている。門柱にはフランス語で読めない単語が書かれていた。

「なんだか、ここみたいだ」

ヤノッチがそういうと、コバがいった。

「おいおい、ここは誰か外国人の家なんじゃないか。こんにちはってはいっていって、ボンジュールとかいわれたら、どうすんだよ」

「別に訴えられたりしないだろ」

ホリブはそういうと、門を開いて庭に足を踏みいれた。ヤノッチとコバもあとに続いた。自然のままのように見えるけれど、緑はよく手いれされているようだった。あちこちで名前もしらない花が咲いているが、配色やボリュームのバランスがいい。

庭の奥から、金髪の女性がやってきた。ホリブが緊張していった。

「ボンジュール？」

四十代だろうか。三人を見ると女性は瞬時に満面の笑みになった。目尻の笑いじわがやさしくていい感じだ。フラワープリントのドレスは、身体の線を透かすように薄い。

「いらっしゃいませ。美紗子のお友達ですか」

ホリブが安心したように大声をあげた。

「はい、美紗〜子先輩のお友〜達です」

女性は会釈して、いった。

「お待ちしていました。わたしは、このレストランのオーナーのマリアンヌ・テレ……」

フランス語の発音になると、いきなり速さが何倍にもなって、三人は誰ひとりオーナーのファミリーネームをききとれなかった。コバはこわばった顔で笑っている。

「さあ、こちらにどうぞ」

「はい、お世話になります」

三人は行進する兵隊のようにがちがちに緊張して、ふわふわと左右に揺れるスカートのうしろについていった。

「みなさん、お待ちしていました」

にっこりと笑って出迎えてくれたのは、美紗子だった。そこはサンルームのような造りの個室で、立食形式で丸テーブルがいくつかならんでいる。美紗子のうしろには、おしゃれに正装した若い女性が何人も集まっていた。見たことのある顔も、ない顔もあった。

「じゃあ、三人に誰かのみものを」

美紗子の経営するサロン・ド・アクアのエステティシャンのひとりが、フルートグラスをもってきて、三人にわたしてくれた。ぷつぷつと泡がはじけている。白ワインではなくシャンパンだ。

「今日はみなさん、お集まりいただいてありがとうございます。日本の男性を変えるため、さらにいえば、この国の少子化をすこしでもくいとめるために、わがサロン・ド・アクアがスタートさせた素敵な男性養成講座も、いよいよ最終試験を残すのみとなりました。ここにお越しいただいたお三方は、名誉ある第一期特待生です」

女性たちから拍手がまき起こった。春の日ざしを浴びるガラス張りの個室で、きれいな女性たちから拍手を受けるのはいい気分だった。なんだか自分が一段上等な人間になった気がする。ヤノッチが目をあげると、ガラスのむこうには洋風の庭が広がっている。なんだか流行のレストランウエディングのようだ。そうすると、こちらは花嫁のいない三人の花婿候補生というところか。

美紗子が三人の紹介を始めた。名前を呼ばれたヤノッチは笑顔で会釈した。コバは緊張のあまり顔を蒼白にしている。ホリブは勢いをつけてお辞儀をして、シャンパンを白いシャツの胸にこぼした。コバが心細そうにいった。

「あの、美紗子先輩、卒業試験って、どうするんですか」

美紗子は白い布のかかったテーブルのうえから、一枚のメダルをとりあげた。大型のメダルはゴールドで、風に髪をなびかせる女神のレリーフが浮かんでいる。一瞬だけにこりと笑ってから、厳しい表情になった。

「今日は十五人の試験官に集まってもらいました。試験時間はこのレストランでゆっくりと三時間、そのあいだにひとりあたり三枚のメダルを集めてください。三枚以上なら合格、未満なら不合格とします」

もてない三人は思わず声をあげた。

「えー！」

代表して、ホリブがいった。

「そのメダルはどうやったら、もらえるんですか」

美紗子は時間をかけて後方の若い女たちに振りむいてから、いじわるな笑顔を見せた。

「みなさんが自分の魅力をきちんとアピールして、この人はいいな、素敵だなと女性に思わせたら、きちんとメダルはもらえます。今からの三時間は、顔の表情も、立ち姿も、ものをたべる様子も、話しかたや笑いかたも、すべて採点の対象です。三人とも心してかかるように」

ヤノッチは足が震えてしまった。採点される側になると、目のまえの美人ぞろいの若い女たちが裁判官にでも見えてくる。ドレスやスカーフやアクセサリーで武装した恐ろしい敵が十五人。対して、こちらはたったの三人にすぎない。圧倒的な戦力差で、心が折れそうだ。

美紗子が細い鎖のような腕時計を確認していった。

「さあ、ちょうど十二時になりました。試験を開始します。ここからは、うちの講座で習ったことを思いだして、全力でがんばってください。自分の子孫を残せるか、遺伝子を絶やしてしまうか。自然界ではオスはつがいのメスを得るために命がけで闘っています。みなさんにとっては、今が闘いのときです」

そのとき、先ほどの女性オーナーが銀の盆をもってやってきた。

「オードブル、お待たせしました。なんだかおもしろい試験のようですね。わたしも日本人男性はもっと女性に自分をアピールしたほうが素敵だと思います。ねっ」

マリアンヌがウインクして、エプロンのポケットから金のメダルをとりだして見せた。春の光を浴びたメダルが、きらりと輝いた。気がつくと、三人をとりかこむ十五人の女たちが、みな自分のメダルを見せている。

ヤノッチにはそれが十五本のナイフに見えた。あのちいさな丸い金属片で、自分の心などかんたんに刺し貫いてしまえるだろう。コバが自分たちにだけきこえる声でささやいた。

「どうしよう……ぼく、怖いよ」

ホリブの胸の脂肪が震えている。

「おれも……逃げてえ」

ヤノッチはシャンパンを無理やりのんでいった。

「男は愛嬌……怖かったら、笑え」

マリアンヌが空になったフルートグラスに、シャンパンを注いでくれた。美紗子が周囲を見わたしていった。

「みなさんにグラスとメダルはいきわたりましたか？　では、今日の卒業試験の成功と、ここにおられるみなさんの恋と結婚の成就を祈念して、乾杯」

華やかな女たちの乾杯の発声が続いた。もてない男三人は、無言のまま急に酸っぱくなった高価な酒を口にした。美紗子が高らかに宣言した。

「では、ただいまより、最終試験を開始します」

もうシャンパンがまわったのだろうか。ヤノッチは足元がふわふわとして、妙に落ち着かなかった。十五年来の悪友と顔を見あわせる。コバの目にも、ホリブの目にも、同じ絶望と恐怖が浮かんでいた。

ヤノッチは正面に広がる庭を見た。無数の春の花がこちらの苦境など気にもかけずに、平然と美しく咲いている。なんだか、急に花が憎らしくなって、ヤノッチはまたシャンパンをがぶのみした。

花なんて、大嫌いだ。ついでに春も、大嫌いだ。

それにはっきりといっておこう。自分は女にもてたいなんて、本気で思ったことはなかった。女はきれいで、かわいくて、色っぽいけれど、やっぱり大嫌いだ。

ヤノッチはやけになって、目のまえのテーブルの新しい酒を手にした。

39

ヤノッチはレストランのフロアを見わたした。

ガラス越しに春の陽がさしこむ温室のような部屋には、十五人の女性がおしゃれをして澄ましている。若い女も、そうでもない女もいた。この十五人がひとり一枚ずつもっている金のメダルをゲットするのが、モテ男養成講座の最終試験なのだ。

制限時間の三時間以内に、メダルを三枚。

なんだかヤノッチが仕事でつくっているRPGのミニゲームのようだった。あんなふうに壁を壊したり、ブロックをたたいたりすると、メダルが勝手にでてくればいいのに。実際には女たちから好感を得なければ、メダルは一枚も手にはいらなかった。三人の受験者は明るい部屋の隅で固まっている。

「……どうしたらいいのかな」

不安のために盛んに髪にふれるコバが、男たちだけにきこえるようにつぶやいた。ヤノッチがいった。

「あんまり頭をいじるなよ。もともと薄い髪がぺったんこになって、海苔みたいだぞ」

ベージュのスーツを着たコバは、電気ケーブルにでもふれたように、あわてて前髪から手を離した。紺ブレザーのホリブがいった。

「いっとくけど、合格するときは三人いっしょ。落ちるときも三人いっしょだからな」

緊張のためか太めの営業マンは、風呂あがりのように汗を垂らしていた。ヤノッチがいった。

「それ、どこかできいたことある台詞だな」

コバはタオル地の大判ハンカチで汗をぬぐった。

「覚えてないのか。シューカツのときのおれたち三人のスローガンだったじゃないか」

思いだした。今から十年以上まえも、変わらず就職氷河期だった。会社訪問をして、OBに会ったり、面接を受けたりするのが、三人は恐ろしくてたまらなかった。さして成績がいいわけでもなく、人に誇れるようなセールスポイントもない。二流どころの私立大学のごく普通の学生だったのである。あのときは真っ先にコバが信用金庫に受かり、ホリブが清涼飲料水のメーカーに内定を得て、自分が三番目だった。卒業を控えた秋採用で、ようやく弱小のゲームメーカーに潜りこんだのである。ヤノッチがぽつりと漏らした。

「シューカツ、たいへんだったなあ」

ホリブがシャンパンをガブのみしながらうなずいた。

「いや、ほんと。おれは八キロやせたからな。内定もらってひと月半で、リバウンドしたけど」

コバは髪にふれないように、両手をポケットにいれたままいった。

「ぼくも大学受験とシューカツが、人生最大の危機だった」

三人は顔を見あわせた。ホリブがいう。

「じゃあ、今回の最終試験はどうだ？」

ヤノッチは会場に目をやった。立食形式なのでテーブルが島のように浮かんでいる。壁際にはたくさんの料理がならんでいた。女たちは数人ずつテーブルをかこんで、笑いながら立ち話をしている。やけに高級な雰囲気だ。

「あの集団にはいっていくのは恐ろしいけど、シューカツほどじゃないな」

ホリブが蝶ネクタイを水平に直して、ちらりとヤノッチを見た。

「失敗しても、浪人するわけでも、フリーターで生涯賃金半分になるわけでもない」

コバがジャケットの肩をたたいて、ほこりを払った。

「そうだね、最悪の事態でもこの三人で、また美紗子姫の講座をもう一期受けるだけだ。ぼくはこの一年間、けっこうたのしかったよ。みんなといっしょだったしさ」

恵比寿のエステサロンのオーナー、河島美紗子が遠くから声をかけてきた。

「もう十分間経過しました。壁の花では、メダルはもらえないのよ」

「はーい、わかりました」

手をあげて、そうこたえたのはコバだった。ヤノッチはいった。

「みんな、ここからはバラバラで闘おう。自分のことをアピールするのはいいけど、受けをねらって、ほかのふたりの悪口はいうなよ。嘘でもいいから、ほめるんだ。あとで必ず自分の番がまわってくるからな」

「ラジャー！」

ホリブが胸をたたくと、脂肪が小船のように揺れた。ヤノッチがきいた。

「おまえは、最初に誰にいく？」

「そりゃあ、当然、美紗子姫だ。あの人だって、メダルはもってるだろ」

「わかった。コバ、おまえは？」

コバはさっと掃くように室内を流し見ていった。

「ぼくは篠田さんかな。ちょっと地味で控えめなところがいい」

篠田真紀は大学の講師で、書店での本の選びかたや美術館で絵の見かたを教えてくれた。黒のモダンなカットのパンツスーツを着ている。ヤノッチは笑ってしまった。コバが肩をつついていった。

「なにがおかしいんだよ」

「ごめん、ごめん。なんだかシューカツのときと同じだなと思って。ホリブは第一志望の高嶺の花から突撃するし、コバは安全パイに見える堅実なとこから手をつけるだろ。人間って、仕事でも女でも、やることは変わらないもんだよな」

コバが腕組みをしていった。

「確かにそうかも。で、ヤノッチは誰にするの」

ヤノッチは自分の肩や背中にふれた指先の感触を思いだしていた。あの指はなんだか吸いつくように気もちよかった。

「ぼくははるかさん」

体育会系のエステティシャン、はるかはサロン・ド・アクアの従業員のひとりだ。ヤノッチは女心を感じるために、たっぷりとはるかの施術を受けたことがある。そういえば、まだ苗字をきいていなかった。ホリブが笑っていった。

「おまえだって、会社も女も若いのが好きじゃないか」

「ほんとだ」

ホリブが両手を広げて、ヤノッチとコバの背中を音がするほどたたいた。ふたりは押しだされるように女たちが待つテーブルにむかった。背中に太った声が飛ぶ。

「幸運を祈る。各自目標を撃破せよ」

ヤノッチははるかがいるテーブルに近づいていった。そこでは三人の女性がグラスを片手に談笑している。そのうちのひとりはメンズの黒いスーツを着ていた。恵比寿駅まえで死ぬほどのナンパ特訓を受けた加賀谷信也である。

「よう、ヤノッチ、元気にしてたか。あれからちゃんとナンパしてるか」

つぶれた声は男とも女ともつかなかった。信也は元女性である。

「ナンパなんて普通の男はしないんだよ」

うまいタイミングで声をかけてくれて、ヤノッチはほっとした。女性の席に近づいていくときに送られてくる値踏みするような視線が苦手なのである。自信がなくなるし、どうにも気まずいのだ。ヤノッチはできるだけ爽やかな声でいった。

「覚えてますか、はるかさん、矢野です。あのときは背中のマッサージありがとうございました。すごく気もちよくて、あれからずっと気になっていたんです」

火事場のバカ力というのは、こういうことだろうか。自分の口からスムーズにいいたかったことが流れだしたので、ヤノッチ自身がびっくりした。やはり試験の合否がかかっていると、思わぬ力がだせるのかもしれない。

「なんだよ、彼女、ヤノッチの身体しってんのか」

豪快なのはいいが、このオナベが邪魔だった。はるかは困った顔をしている。体育会系らしく身体の線をぴたりとなぞるタイトな白のパンツスーツ姿だった。足が長く、胸はおおきい。この会場にいる女性のなかでも、スタイルは一番いいかもしれない。なるほどナンパ師がすぐ横に張りついているわけだ。この男はどこかにいってくれないだろうか。はるかが笑っていった。

「お客さまとエステティシャンの関係ですよ。身体をしってるっていっても、意味が違いますよね、矢野さん」

それはそうである。裸の背中にアロマオイルを垂らされて、隅々までマッサージを受けただけである。けれど考えてみると、ベッドをともにした相手でも、あれほど背中にさわってもらった覚えはない。

「そうですけど、ほかの女性にあんなふうに背中をさわられたことは、一度もないなあ。やっぱり特別な感じがしました」

毎日やっている仕事をそんなふうにいわれたら、気分を害するかもしれない。自分で口にしてから、そう気づいた。はるかにはたくさんの客がいるのだ。信也がうれしそうにきいた。

「はるかちゃんとつきあうと、そのマッサージがもれなくついてくるのか。やったな」

なにがやったなのか、よくわからない男だった。はるかがいった。

「つきあい始めには、そういうこともするけど、そのうちぜんぜんしなくなりますよ。男の人もつきあいが長くなると、だんだんHも手抜きになるじゃないですか」

そういわれると確かにそのとおりだった。最初のうちはデートのたびに、お金も神経も身体もこまめにつかうけれど、つきあって一年もたたないうちに、どうでもよくなってしまう。信也がヤノッチのほうを見ていった。

「おれをそのへんの男といっしょにしないでくれよ。女のことなら、なんでもわかるスーパーテクニシャンなんだから」

元女性なのだから、あたりまえだろう。そういいたかったが、ここは抑えたほうがいいだろう。目的ははるかなのだ。ヤノッチは思いついて質問した。

「信也さんもメダルはもってるのか」

黒いスーツのオナベが上着のポケットからメダルをとりだし、親指ではじいた。ちんっと澄んだ音を立てて、金属のメダルがくるくると回転しながら天井に飛んだ。空中でさっとつかむと、信也がいった。

「もちろん、おれももらってるよ。おれはあんたたち三人には絶対にこのメダルをやるつもりはないけどな」

女しか愛せない信也である。それはあたりまえだろう。ヤノッチははるかにいった。

「そういえば、美紗子先輩はなんていって、そのメダルをわたしたんですか」

はるかが笑いながらいった。

「ひと夜限りでも、長くでもいいから、つきあってみる気になれた人に、このメダルをわたすようにって。自分のアドレスをわたすつもりで、メダルをつかってください。これは真剣な試験です。オーナーはそういっていました」

ヤノッチは内心あせっていた。そんなことをきいたら、ますますハードルがあがってしまう。はるかもおいそれとは、自分にメダルをくれないだろう。三時間でその貴重なメダルを三枚も集めなければならないのだ。卒業試験はさすがにハードだった。とても合格できる気がしなくなってくる。

「みなさん、お昼はまだだよね。ちょっととってくる」

自分でも腹が空いてきたところだった。こういうときは、女性にとりにいかせるのではなく、男性が動くほうがいいとどこかの本で読んだ気がした。韓国の男がやさしいと人気があるのは、料理のとりわけをあたりまえのようにするからだという。

サラダと海鮮のマリネを小皿にきれいに盛りあげた。中央を高く、色味を考えて野菜をとり分けていく。ヤノッチはゲームをつくっているくらいだから、デザインや色の組みあわせにはうるさかった。

「よう、どうだ？　うまくいってるか」

肩をたたかれて、小皿からエビが落ちた。新しいレザージャケットに鉛筆で線でも引いたようにオリーブオイルの染みができた。

「くそっ、なにすんだよ、ホリブ。このジャケット高かったんだぞ」

そう叫んでから、あたりを見まわした。誰かきいていなかっただろうか。せこい男と思われたら、メダルの獲得率はぐっと低下するだろう。

「悪い、悪い。はるかちゃんだっけ、さっきからあのオナベとたのしそうだよな。ほかの男に負けるならいいけど、あいつにだけは負けんなよ。恵比寿の仇をとってくれ」

そういうホリブは大皿に山のようにサラダとキッシュを積みあげていく。この男の場合、あまり盛りつけにもこだわらないほうが、らしくていいのかもしれない。

「そっちの美紗子姫は、どうなんだよ」

ホリブは片目を閉じていった。

「いい感じだぞ。あの不倫相手とは別れたんだってさ。今、姫は特定の相手はいないんだ。この試験はともかく、必死でアタックすれば、つきあえる可能性があるかもしれない」

そんなことなら、自分も美紗子のところにいけばよかった。

「なあ、一時間たったら、また集合しないか。ちょっとした作戦会議と相手を代えるタイミングがつくれるだろ。コバのやつにもいっておいてくれ」

ヤノッチはコバを目で追った。お堅い大学講師と信金マンが窓際で、えらく深刻な顔で話をしている。日本経済と少子化社会のゆく末についてでも議論しているのだろうか。ホリブがいった。

「場所はどこにする？」

ヤノッチはにやりと笑った。女たちがはいってこない聖域がいいだろう。なにせ、女五に男が一というのは、女性比率が高すぎて息が詰まる。

「男子便で」

「わかった。ヤノッチ、おれたちふたりだけでも合格しよう。がんばれよ」

ホリブが山盛りの大皿を両手にもって、美紗子のテーブルにもどっていった。紺のブレザーはちゃんと選んでいるようで、肩まわりも腰も袖丈もジャストサイズだ。ヤノッチは丸い背中に声を飛ばした。

「おまえのほうこそ、がんばれよ」

さて、どうやって信也をはるかから引きはがし、最初の金のメダルをゲットするか。ヤノッチはきれいに盛りつけた小皿を三枚ウエイターのように器用にもって、闘うために最終試験会場に復帰した。

温室のように半分ガラス張りになったレストランの個室は妙に蒸し暑い。

「おう、サンキュー」

男のようなハスキー声でそういったのは信也である。きれいにフルーツトマトの赤とパプリカの黄色とズッキーニの緑をあしらった小皿を受けとって、元女性のナンパ師がいった。

「ヤノッチはなかなか気がきくな。あんた、いい奥さんになりそうだぜ」

胸元の開いたシャツで豪快に笑った。はるかも苦笑している。ヤノッチにうなずくとエステティシャンがいった。

「わたしもこんなふうにうまくよそえないかも。矢野さんはセンスありますよね」

社交辞令でもほめられるとうれしかった。ヤノッチはほとんど女性からほめられた経験がない。

「そういえば、ぼくはまだはるかさんの苗字をしりませんでした。なんていうんですか」

「堀川《ほりかわ》です。またエステにきてください。そのときはわたしを指名してね」

営業なのか、本心なのか、よくわからなかった。ひとつひとつの台詞を裏か表かと読もうとするから、女性と話すときはいつも神経がすり減ってしまう。

「はい、ぜひ」

それでいて背中にふれた指先の感触をあざやかに思いだしたりするのだから、男の頭というのは単純だった。あのとき確かはるかはいっていた。自分の指とあなたの肌は相性がいい。すぐに下半身の相性を連想したのが失敗だった。軽やかだった舌が急に回転をとめてしまった。男はなぜ下心があると、うまく女性に話しかけられなくなるのだろうか。どうでもいい異性とはうまく話せるが、魅力的な相手にはでくの坊になる。急に静かになったテーブルで、信也だけが平然とサラダを平らげていた。皿をおくと、白ワインのグラスをぐいぐい空にする。

「なんだか、この部屋、温室みたいで暑いな」

開いたシャツの胸元を手でつまんで、ぱたぱたと風を送っている。この胸は男なのだろうか、女なのだろうか。

「信也さんの胸って、どうなってるの」

ヤノッチがそういうと、信也はにやりと笑った。

「手術ずみだよ。見たい？」

キャーっと悲鳴をあげたのは、はるかだった。

「見たい、見たい」

「そうかあ。ちょっと待ってな」

男らしく白いシャツの裾をパンツから引き抜くと、信也はボタンをはずし始めた。はるかだけでなく、ほかの女たちも集まってくる。

「おっぱいはとっちゃって、乳首だけ元にもどしたんだ。いい身体してるだろ。さわってもいいぞ」

塩辛声《しおからごえ》でそういって、信也はボディビルダーのようなポーズで大胸筋を盛りあげた。ジムで鍛えているのだろう。ヤノッチよりもはるかに発達した筋肉だ。胸をさらしたまま寄っていくと、うれしげに悲鳴をあげながら女たちが避けていく。ヤノッチのところにきて、声を殺していった。

「おいおい、あんなにナンパの特訓しただろ。硬くなって黙りこんだら、なにも始まらないぞ。嘘でもでたらめでもいいから、しゃべり続けろ。おれが空気をあっためてやるから、とにかく狙った女に声をかけるんだ」

信也は心の底から男だった。しかも兄貴と呼びたいくらいの男まえである。ヤノッチがうなずくと、そのまま胸をはだけて女たちに迫っていく。勇気のあるひとりが信也の乳首にふれた。

「わあ、ほんとに男の人みたい。ちっちゃい」

あちこちで悲鳴があがった。

「信也さんはすごいな。ぼくもあんなふうにバカやれたら、いいんだけど」

「矢野さんは矢野さんでしょう。わたしはすぐに脱ぐ人は、あまり好きじゃないです」

はるかが真剣な顔でそういった。これはもしかしたらいけるかもしれない。それからヤノッチは信也のアドバイスどおり休みなく話し続けた。最近観た映画、好きなたべもの、子どものころの思い出。内容はなんでもよかった。ただひたすら会話のリズムとはるかの反応だけを考えて、話をすすめていく。

そのまま二十分も話しただろうか。ヤノッチは自分が完全に空っぽになっているのがわかった。もうエネルギーが切れて、頭になにも浮かばない。弾を撃ちつくしてしまった。遠くのテーブルからホリブが合図を送ってくる。腕時計を見ろとでもいっているのだろうか。

はるかもすこし疲れたようだった。何杯目かのワイングラスをテーブルにおいていった。

「矢野さんって、ほんとはおもしろい人だったんですね」

「は、はい……ありがとうございます」

礼の言葉がおかしなテンションになってしまった。試験というのは、嫌なものだ。普段の力がまったく発揮できない気がする。ヤノッチは腕時計に目をやった。気がつくと、試験開始からもう一時間が経過していた。ホリブとの約束を思いだした。

「ちょっとトイレにいってきます」

ヤノッチから解放されてうれしいのか、はるかがほっとした顔になった。三時間しかない試験時間の三分の一をつかったけれど、やはりはるかからメダルはもらえないかもしれない。ヤノッチは男性用トイレにむかった。

洗面所の大鏡のまえに、コバとホリブが立っていた。ヤノッチは顔色のよくないふたりに声をかけた。

「誰か、最初のメダルをもらったやついるか」

太った男と頭の薄い男が、同時に首を横に振った。コバが青い顔でいった。

「あっという間に一時間もたっちゃった。合格の基準は三時間で、三枚のメダルだろ。一時間に一枚ずつとらなくちゃ間にあわないじゃないか。もうパニックになりそうだ」

顔を洗ったばかりのように汗の滴を垂らしながら、ホリブがいった。

「そういうヤノッチはどうなんだよ」

さっきまでのはるかとの会話を思いだした。悪くはなかった気がする。というか、自分としては上出来だ。

「まあまあだと思うけど、メダルはまだだよ。ゲットしたのは彼女の苗字だけ」

ホリブがいった。

「あの子、スタイルがいいよな。顔と色気なら美紗子姫だけど、おれもあとでアタックしてみていいか。ちなみに苗字はなんていうんだよ」

ヤノッチは不機嫌にこたえた。

「堀川だよ。あんまりしつこくするなよ」

「なんだよ、おれがいつしつこくしたんだ。誰を口説こうがこのテストは自由だろ」

コバが恐るおそる口を開いた。

「ねえ、口げんかしてる場合じゃないよね。ここには作戦会議で集まったんじゃないのか。まだ全員零点なんだよ」

確かにそうだった。最終テストの残り時間は二時間を切っている。こんなデブにかかわっているだけ時間のムダだ。ヤノッチはいった。

「これから、みんな、どうするんだ」

コバがベージュのジャケットの肩をはたいた。別にほこりなどついていないようだが、気になっているのだろう。

「ぼくは合格はあきらめて、篠田さんにかけてみる。もうちょっとでいい感じになれそうな気がするんだ。なんとか一枚だけでもゲットするようにがんばってみる」

「そうか、がんばれよ」

ヤノッチは薄毛の信用金庫マンの肩をたたいた。ひとりに目標をしぼるのも、堅実でいいアイディアかもしれない。大学を卒業してから、初体験をしたこの男らしい。

「おれは、美紗子姫から別な相手にいってみる。すこしでも合格の可能性にかけたいからな。あれだけの女がいたら、なかにはひとりくらいおれのことを好意的に見てくれる相手がいるかもしれない。とりあえず全員に声だけでもかけてみる」

楽天的な営業マンらしかった。身体だけでなくホリブは神経も太いようだ。ヤノッチはふたりの戦友に目をやった。どちらの友も、自分にはない長所をちゃんともっている。

「おまえはどうすんだ、はるかちゃん一本でいくのか」

健康的なエステティシャンのことを考えた。あれだけ話したが、手ごたえはまったくわからない。

「おれは一時間にひとりずつ挑戦してみるよ。美紗子姫が試験時間を三時間に決めたってことは、それくらいで三人にアタックしてみろってことだろ」

ホリブが背中をたたいてきた。てのひらが厚い分、かなり痛い。

「まあ、三者三様って感じだな。おまえもがんばれ。よし、じゃあ景気づけをしとこうぜ。みんな手をだせ」

トイレで円陣を組んだ三人は、中央に右手をつきだし重ねた。コバが不安そうにいう。

「こんなことでもしなけりゃ、不安でたまらないもんね。篠田さん、まだいるのかな」

「うるさい、いくぞ。エイ、エイ、オー」

ホリブのかけ声に続いて、三人分のエイ、エイ、オーが便所に響いた。三人はそれぞれ鏡で身だしなみを確認すると、再び敗色濃厚な戦場にもどっていった。

ヤノッチが横目でチェックしていると、コバは窓際に立つ篠田真紀のところにグラスをもってむかっていた。ホリブは美紗子の席から離れ、一番女性の人数の多い集団に勇気をふるって飛びこんでいく。さすがに営業で鍛えられているだけのことはあった。

さあ、つぎは自分の番だ。ヤノッチははるかに会釈して、彼女のまえをとおりすぎた。心なしかはるかもほっとしているようだ。一時間も話し続けたのは、迷惑だったのかもしれない。つぎは誰にするべきか。

そのとき、ハウスレストランのオーナーの外国人女性と談笑している美紗子が目にはいった。吸い寄せられるようにテーブルに近づいてしまう。もう頭で考えても、この状況を打開できそうにない。ならば、好意をもっている相手と順番に話をすればそれでいいだろう。ヤノッチはなかば合格をあきらめていた。

「美紗子先輩、この試験厳しいですね」

ウエイトレスから白ワインのグラスを受けとって、ヤノッチはひと口やった。フルーティだが、辛口の酒だ。美紗子は笑っていった。

「そうね。みんなにはむずかしすぎたかしら」

「メダル三枚なんて絶対無理ですよ」

いたずらっ子のような目で、こちらを見つめてくる。年上なのにこんな目をされると、ヤノッチは足元がぐらつく思いだった。

「そうかな、わたしはずっと三人の動きを見てるけど、おおきなパーティにきてるイタリアやフランスの男性みたいよ。つぎつぎとにこやかに女性に話しかけて、料理をとりわけたりしてね。ちゃんと養成講座の成果がでているんじゃないかしら」

そんなものだろうか。だが、一年まえガールフレンドに振られたばかりの自分たち三人を思い浮かべてみた。あのときこの試験を受けていたら、きっと壁際に固まったまま、誰ひとり女性とはひと言も口をきかなかっただろう。

「そうかもしれないけど、そういうのは表面的な形だけなんじゃないかな。ぼくたち三人とも、心の底では怖くてしかたないんですから。ホリブの汗を見てくださいよ」

レギュラーカラーのシャツの襟が先のほうまで汗で濡れていた。美紗子が微笑んだ。

「そうね。すごい汗。でも、汗かきだからダメだってことはないでしょう。こんなに自分のために必死になってくれている。そう思う女性もいると思う。それは、むこうの小林くんも同じじよ」

のめないワインを口にしながら、コバは大学講師の篠田と懸命になにかを話していた。自分よりもずっと優秀な女性と話して、なんとかボロをださないようにするのだ。その気苦労を思うと、気の毒なほどだ。

「矢野さんもすごくがんばってきたんじゃないかしら。三人は仲がいいけど、リーダー的な存在は矢野さんでしょう。実は養成講座の運営の方法に悩んだときは、この内容に矢野さんならどういう反応を示してくれるかなって、いつも考えていたの」

意外な発言だった。個人的にうれしい言葉でもある。

「講座のカリキュラムで悩んでいたんですか。いつも自信満々って感じだったけどなあ」

美紗子が笑って手を振った。

「そんなはずないじゃない。男の人に女の心がわからないように、女にも男の心はわからない。だいたいモテ男養成講座なんて、誰も成功させたことがないんだから、わたしたちだってずっと手探りだったのよ」

こちらはそれなりに真剣だった。それでも、いつもお釈迦さまのてのひらのうえの孫悟空の気分だったのである。なにをやっても、美紗子や講師たちに見透かされてしまう。こと男女交際に関しては、女は男より一枚上手だ。そのてのひらが震えていたなんて、想像もしていなかった。

「そうだったんですか。だけど、第一期の生徒は出来が悪かったですね。ぼくたちはひとりも、この試験に合格しそうもないですから」

美紗子はなにかをたくらむように、にやりと笑った。腕時計を見る。アンティークの金のロレックスだ。

「そうかしら、まだ九十分以上残ってるわよ。わたしはいいから、もっと若い子にアタックしていらっしゃい」

ヤノッチは続く九十分で、三人の女性と話をした。

ひとりは美紗子の友人の妹だという女子大生だった。名前は宮代《みやしろ》美理恵《みりえ》、英文学部でエミリー・ブロンテを研究しているという。よく笑う子で、ミニスカートから伸びるすこし太めの脚が、ヤノッチのツボだったけれど、メダルをわたしてはくれなかった。

つぎは有楽町で働くOLで、前川佐織《まえかわさおり》。仕事の内容は事務補助で、つまらないという。さっさと結婚して、仕事は辞めたいけれど、相手がいない。この女がヤノッチは苦手だった。三十分のあいだ、不平と不満しか口にしないのだ。メダル獲得がかかっていなければ、これほどまじめに話しかけたりしなかっただろう。それなのに、佐織もメダルはくれなかった。まったく女というやつは。

最後の三十分になった。ガラス窓のむこうでは、春の日が熟れ始めている。空はぼんやりとハチミツ色に染まり、表参道の意外なほど静かな住宅街を照らしている。やはりダメだった。一枚もメダルは得られない。全身の力と気力が抜けていくようだ。ふらふらになったヤノッチは、生ビールのグラスをもって、最初のテーブルにもどった。堀川はるかが笑顔で迎えてくれる。

「矢野さん、成果はどうでしたか」

肩をすくめるしかなかった。この試験のために六回分割のローンで、高価なレザージャケットまで購入したのに、全部空振りに終わった。

「さんざんだよ。ぼくは落第。メダルはゼロ」

はるかはどこか愉快そうだった。

「乾杯しましょう。いいじゃないですか、落第したらまたうちのサロンにきてくれるんですよね。今度はほんとにわたしを指名してくださいね」

エステティシャンの営業トークだった。ヤノッチは力なくうなずいた。

「わかったよ。はるかさんだけ指名する」

「わあ、やった」

あとは雑談で流すだけだった。もう女性を口説く体力が残っていないのだ。残り時間が五分になった。薄い髪が乱れ、頬がこけたコバがやってきて、ため息をついた。

「ぼくはもうダメだ。ヤノッチは？」

首を横に振る。

「そっちといっしょ」

ホリブがブレザーを脱いで首をタオルでぬぐいながら、こちらにきた。シャツのしたの乳首が透けていた。ヤノッチが声をかけた。

「どうした、メダルゲットできたか」

首を横に振ると、二重あごがぷるぷると震えた。

「やせるくらいがんばったけど、ぜんぜんだ。だいたいおれたちがもてる男になるなんて、最初から無理だったんだ。帰りに牛丼つきあってくれ。おれはこういう高級な洋食とかあまり得意じゃないんだ」

この男のことだから、ビールに牛皿を二枚、締めに特盛というういつものコースをいくのだろう。牛丼屋でひとり二千円もつかう男を、ヤノッチはホリブしかしらない。

「わかった。今夜はとことんつきあうよ」

そのとき涼しいベルの音が部屋に響いた。美紗子がハンドベルをもう一度鳴らした。

「みなさん、最終試験の結果を発表します。では、三人の受験者はまえにならんでください」

一枚もメダルをもっていないコバとホリブとヤノッチが、レストランの個室の前方にすすみでた。ばつの悪い顔をしている。これから落第を宣告されるのだ。結果は郵送してもらえないものだろうか。目のまえには十五人の女たちが、椅子に腰かけたり、壁にもたれたり、テーブルをかこんだりしている。よく見れば、みな、魅力的な女ばかりだった。

「では、投票に移ります。小林さんに自分のメダルをあげてもいいと思う人、どうぞ」

投票？　意味がわからない。メダルはこれからもらえるのか。部屋のなかが静まり返った。誰も動く気配がなく、女たちはおたがいの顔を見つめあっている。一番後方の壁のそばに立っていた大学講師、篠田真紀が動いた。足音も立てずにコバのまえに立つといった。

「はい、わたしのメダルをどうぞ。メールアドレスも裏に書いてあるから」

拍手がまき起こった。金色のメダルが一枚、コバのてのひらに残される。コバが感動しているのが手にとるようにわかった。泣きそうな顔をしている。美紗子がいった。

「ほかに小林さんに投票する人はいませんか」

再び場内は静かになった。今度は誰も動く者はいない。

「わかりました。では、つぎに堀部さんに投票する人」

今度はすぐに動きがあった。ホリブほどではないが、ぽっちゃりとした若い女性がやってきた。ホリブが感に堪えないように叫んだ。

「ジュンちゃん、ありがとう。一生恩にきるから」

メダルを受けとると、両手でおがむように頭をさげた。拍手が起こる。ヤノッチは汗だくだった。メダル三枚の合格までは望みません。神さま、ぼくにもせめて誰かひとり、いやメダルを一枚だけプレゼントしてください。明日からちゃんと働きますし、いいことをします。電車で席も譲ります。コンビニで募金もします。

美紗子の声はまったく無関心で冷静だった。

「最後に矢野さんにメダルをという人は、こちらへ」

目を閉じた。走馬灯のようにこの一年間のモテ男養成講座のあれこれが浮かんでは消えていく。恵比寿駅まえの無差別ナンパ、銀座のメンズショップ、サロン・ド・アクアのマッサージ、書店での本の買いもの指令、美術館や博物館にもいったはずだ。

「はい、矢野さん」

やさしい声に目を開くと、きらきらと輝く金のメダルが目に飛びこんできた。そのむこうに堀川はるかの笑顔が女神のように重なっている。

「指名の約束は守ってくださいね。わたしのメダルにも、メアドは書いてあります」

その場で手をとって、抱きついてしまいたい気分だった。ヤノッチはなんとか我慢すると、男らしく一段と低い声でいった。

「わかりました。毎週かよってもいいですか」

はるかは笑ってこたえなかった。再び、澄んだ金属の音が部屋を満たす。

「最終結果を発表します。小林紀夫さん、メダル一枚。堀部俊一さん、メダル一枚。矢野巧さん、同じくメダル一枚。卒業試験の結果は……」

芝居気たっぷりにそこで言葉を切ると、美紗子は三人のまえにすすみでた。

「小林さん、手をだしてください」

なにをしているのだろう。美紗子はさっとコバの手に、なにかをにぎらせたようだ。

「堀部さんも」

太った分厚いてのひらに、美紗子姫のきれいにマニキュアを塗った手が重ねられる。

「矢野さんで最後よ」

ヤノッチは手をだした。美紗子の笑顔が近づいてくると同時に、てのひらに落ちてきたのは丸い金属の感触だった。それも一枚ではなく、二枚ある。

「ここにいる三人はめでたく、わが養成講座を卒業なさいました。しかも本日の最終試験ではたいへん優秀な成績を収めています。みなさん、拍手をどうぞ」

全身に女たちのやわらかな拍手を浴びた。信也がどこからかクラッカーをだしてきて、盛んにぱんぱんと鳴らしている。キツネにつままれたようだった。ヤノッチはてのひらのメダルを呆然と眺めた。はるかからの一枚に、美紗子の二枚。あわせて三枚の金メダルがまばゆく光っている。

「美紗子先輩、これはどういうことなんですか」

美紗子は今度こそ顔を崩して笑った。大輪の花が一時に咲いたようだ。華やかな魅力があたりに匂い立つ。

「この最終試験はメダルを一枚とれば、最初からそれで合格だったの」

コバが眉を八の字に情けなくさげていった。

「でも、三枚とらなくちゃ不合格っていってましたよね」

「そうね、そうでもいわなければ、みんなのお尻に火がつかなかったでしょう。三時間でひとりなんていったら、余裕をもたれちゃうかもしれない。わたしたちもこれで必死に考えたのよ」

ホリブが三枚のメダルを見つめながら叫ぶようにいった。

「そうか、おれたち合格したのか。すげー、信じられない」

ヤノッチは質問した。納得がいかないところがずいぶんとある。

「どうして一枚で合格なんですか」

美紗子がもう一度ベルを鳴らすと、厨房から冷えたワインが運ばれてきた。

「そんなこと考えるまでもないと思うけどな。男と女って、結局は一対一でしょう。どうでもいい三枚のメダルをもらうより、本気のメダル一枚のほうがずっと値打ちがある。だから、一枚で合格なのよ。誰かひとりでも心を動かせたなら、あとはほかの女性の心もきっと動くわ」

レストランのマダムとウエイトレスが、ワイングラスを全員に配った。コバがこっそりといった。

「どう考えても、これだけの人を集めて、こんなレストランを貸切にして、ワインをばんばん抜いたら、大赤字だよね。この講座、美紗子姫は趣味でやってるのかな」

ヤノッチのとなりで、はるかがいった。

「そんなことないよ。オーナーはあれでお金にはシビアだから。来期からは男性の受講生を大々的に募集開始するんですって」

ホリブがうなるようにいった。

「ふーん、そうなのか。おれ、もう一回講座を受け直そうかな。つぎはダントツの首席で卒業する自信があるんだけど」

乱れていた薄いまえ髪を整えて、コバがいった。

「そっちが受けるなら、ぼくも受ける。トップは絶対に譲らない」

はるかがにこりと笑って、ヤノッチにいった。

「矢野さんはどうするの」

「いや、ぼくは講座はもういいや。はるかさんのエステだけで十分」

「おまえ、ずるいなあ」

そう叫んで、思い切り背中をたたいてきたのは、ホリブだった。この男は自分の体重と力加減をしらない。

「痛いな、このデブ」

いつものけんかが始まるところで、美紗子がベルを鳴らした。

「では、卒業試験の成功と、ここにいるみなさんの今後の恋愛成就と健康を祈って、乾杯したいと思います。わたしたち人間は、ほんの五十年も恋をしなければ、つぎの世代が消えうせて、滅び去っていくか弱い生きものです。男性が女性に飽きることがないように、また女性が男性を見限ることがないように、これからも気をつけなければいけません。男と女という性をもって、せっかく生まれてきたのだから、手をとりあってたのしくいきましょう。では、乾杯」

「乾杯」

「乾杯」

「乾杯」

パーティルームのあちこちで、乾杯の言葉が弾けていく。ヤノッチはホリブの丸い頬と、コバの薄毛の横分けを眺めた。こいつらは自分と同じようにもてない男だが、芯からいいやつらだった。今日は無事、試験に合格しても、明日からはまた女心がわからずに途方にくれることがあるかもしれない。だが、今日はいいだろう。この瞬間は完璧だ。

となりでは堀川はるかが笑っている。ヤノッチの手のなかのメダルには、はるかのメールアドレスが丸文字で書いてあった。美紗子のいうように、異性が存在することは、人間にとって救いなのかもしれない。つぎにぼろぼろにされるときまでは、それで正解ということにしておこう。ヤノッチは学生時代からの悪友ふたりに声をかけた。

「なあ、ぼくたちだけで乾杯しよう」

コバが即座に反応した。

「いいですねえ」

ホリブの太った声がする。

「そうだな、おれたちは第一期の優秀な卒業生だからな。モテ男に万歳」

三人の男たちは、華やかな女たちに隠れて、こっそりとグラスをあわせた。まだ夕焼けが始まったばかりだ。夜は長い。今夜はとことんのむのだ。ヤノッチは天窓越しに、東京の夕空を見あげた。あたたかなオレンジの光が胸に染みるようだ。この瞬間の空の色を決して忘れないようにしようと思った。

空になったグラスを新しいものに交換すると、三人はまっすぐに背を伸ばし、うつくしい女たちのもとにもどっていった。

解説

吉田《よしだ》伸子《のぶこ》（書評家）

まぁ、見事にイケてないこと！

本書の主人公トリオである。

ゲームメーカーのプログラマー、ヤノッチこと矢野巧。下町の信用金庫で「商店街を自転車でまわって、百円単位で定期預金を集める顧客係」を勤める、コバこと小林紀夫。清涼飲料水メーカーの営業職、ホリブこと堀部俊一。彼らは大学の同級生で、十五年の付き合いになる。三十三歳、独身。大学を卒業し正社員として働いている、というだけで、今のご時世なら上々の出来ではあるけれど、いかんせん、この三人、外見も中身もイケてなさすぎる！

矢野は、今どき流行《はや》らないロン毛でおたく、小林は、ソフトに言えば薄毛、ストレートに言えば若ハゲ、そして、堀部は、遠回しに言うなら巨体、有り体に言うならデブ。さらに、この三人、ファッションがこれまた酷い。矢野は仕事柄ラフな服装なのだが、ラフと若作りを間違えているとしか思えないし、小林は〝ザ・無難〟を絵に描いたようなサラリーマンスーツ。一番イタいのが堀部で、三十路過ぎのアイヴィルック。エンブレム付きの紺ブレって、それ、どこのとっちゃん坊やだ？ と突っ込みたくなってしまう。

物語は、この三人が三人とも、彼女に振られたことから、始まる。小林は付き合って二年になる晶子から、プロポーズした直後に。「そろそろあなたと別れようと思っていた」と。堀部は同い年のミリアから、〝人生をリセット〟してみたいから、と。そして、その二人から振られた話を聞いていたまさにその時、矢野は八歳年下の里恵から、携帯電話の向こうから一方的に心変わりを告げられ、別れを宣告される。

これがもう、見事に同情の余地なしなのだ。三人が三人とも、自分が振られるはずがない、と思っていたその図々しさ。小林に至っては「ちゃんと働いている」し、「ひとりっ子だから実家の土地と家も相続できる」し、親が「敷地のなかに、別な家を建ててくれるといってた」のに、と。

もしもし、小林くん、それ、「ちゃんと働いている」だけだから、セールスポイントは。女子からしたら、たとえ都内に土地と家を相続できたとしても「ひとりっ子」って、相当ハードル高いから。ましてや、同じ敷地に家を建ててもらうなんて、それ、絶対拒否られるパターンですぞ。

堀部も堀部で、保険会社で働きながら、アロマテラピーやリラクゼーションの学校に通い、自分の人生を見直そうとしていた彼女の真意に気付こうともしなかった自分を、一ミリも反省していない。矢野は矢野で、二年越しの彼女を二ヶ月近く放っておきながら、その彼女から別れを告げられると、「アンフェア」だ、と憤る。要するに、三人が三人とも、とっくの昔に立っていた破局フラグに気付かずにいただけのことなのだ。

駄目じゃん、君たち。

が、物語はここからだ。付き合っている彼女がいなくなり、三十路男が雁首《がんくび》揃えた休日の午後。場所は恵比寿のガーデンプレイスの広場。イタリアンレストランのテラス席。三人が待っていたのは、大学時代のサークルで一つ上の先輩だった河島美紗子。ミス・キャンパスを獲るほどの美人で、育ちが良く、成績も優秀だった彼女は、今や高級エステのオーナーだった。その彼女が、後輩三人を招集したのだ。

三人から破局の顚末を聞いた美紗子は、それだけで、問題が彼ら自身にあることを指摘した上で、言う。未婚率の急上昇、少子化の進行には、「わたしたちの気づいていないどこかが、恐ろしいくらい間違っている」ことに原因があると思っていること。「問題はがんばっている女性たちにではなく、男性の側にあるんじゃないか」「恋愛や結婚にむかう力が、こんなに弱くなっているのは、みんな男性の問題なんじゃないかしら」。だから、新しいビジネスを考えてみたのだ、と。

美紗子が考えたビジネスとは、「男性の生きかたを根本から変えて、恋愛を可能にするような学校」、すなわち「ほんとうの意味でのメンズサロン」を作ることだった。そこで、サークルの後輩である三人に、そのサロンの第一期特待生になってもらえないか、というのが、美紗子が持ちかけた相談だった。美紗子の店で、フェイシャルやボディのエステはもちろん、「女心と女性が好きなカルチャーを学ぶレッスン」も。しかも、特別講師は、美紗子自ら担当する、という。三人に否やはない（当たり前！）。

ここから、イケてないトリオのレッスンが始まる。そう、本書は、「マイ・フェア・レディ」の男性バージョンなのである。ヒギンズ教授が、花売り娘のイライザをレディに変身させたように、美紗子が三人の「スイングアウト・ブラザース」を、心身ともに、イケてるメンズに変身させていく物語なのだ。

かくして、三人のレッスンが始まるのだが、これがもう、実に具体的。フェイシャルやボディのエステ系はもちろんなのだが、それよりも、何よりも、内面磨き系がいいのだ。とりわけ、美紗子の高校時代の同級生で、「日本とフランスの大学で文学と美学を専攻」し、今は大学の准教授を目指しているという篠田真紀のレッスンが素晴らしい。

真紀の持論は「ルックスと経済力と性格と教養」が男性のもてのポイントである、というのだ。ただし、前の三つは簡単には変わらない。唯一、教養だけは努力で身につけられるのだ、と。そんな真紀が三人に与えた課題は、ひとり五千円の予算で、書店で好きな本を買って、購入後、なぜその本を選んだのか説明してもらう、というもの。ポイントは、「その三冊の本で女の子を口説くつもりで」というところ。さてさて、三人は、どんな本を購入したのか。その理由は？

真紀が三人に言う。教養には完成はないけれど、そこに至る方法はある。それが「五千円もって、月に二回書店をのぞく。それを二年三年と続けたら、自然にそれなりに教養のある人になる」。「女の子に見せてはずかしくない、教養が身につきそうな本」を少し背伸びして選び続ける。「女の子を口説きたいなら、最低でも月に二回の書店がよいを忘れない」。何という名台詞。真紀のこの言葉は、女子にもぜひ応用してもらいたいところだ。

三人のファッションセンスを磨くレッスンもいい。これまた美紗子の友人で、売れっ子スタイリストの下村イズミが講師の回だ。もうね、的確すぎて拍手したいくらい。例えば堀部には、「自分の欠点を隠しましたっていう着こなしは感心しないなあ。太っている人がだぶだぶの服を着たら、もっとおおきく見えちゃうでしょう」。ちなみに、その時の堀部の格好は、だぶだぶの横縞のラガーシャツにカーキ色の太目のコットンパンツ。矢野には、「どこにいくにもTシャツというのは、大人になったらやめましょう」。小林にはスーツのサイズのダメ出し。イズミは言う。「男性のスーツは制服です」と。モデルやホストでなければ、無理して目立つ必要はない。高価である必要もない。「基本になるダークスーツをきちんとサイズをあわせて選ぶ。それが肝です」と。

教養の身につけ方にしろ、スーツ選びにしろ、いい大人には誰も教えてくれない。教える方は余計なお世話になるかもしれないと躊躇《ためら》うだろうし、教えられる方だって、いい気持はしないかもしれない。でも、それでいいんだろうか？　女性たちは男性と比べて、格段に努力して、自分を磨いているというのに、当の男性は何もしないで、ただただ他人事のように、未婚率の高さや、歯止めがかからない少子化を憂えているだけでいいんだろうか？　石田さんは、そう思ったのではないか。女性が、自分磨きに頑張っているのなら、そんな女性が恋したい、こんな人生のパートナーが欲しいと思われるように、男性だって自分を磨こうよ、と。ゆっくりでいいから、少しずつでいいから、と。

物語のラストは、一年間のレッスンのあと、美紗子が三人に課す〝最終試験〟だ。試験の内容と、三人の首尾は、実際に本書を読まれたい。何よりいいのは、外見だけではなく、三人の内面の変化だ、と書くに留めておく。

読み終えたあと、男性読者なら、自分の心身への意識と女性に対する心配りが、女性読者なら、自分の周囲にいる男性への意識が、ちょっと変わるはずだ。男性なら、それこそ自分磨きの教科書のようになるだろうし、女性なら、自分の恋人や夫（友人でも）をよりよく変身させるための虎の巻になるだろう。そこが、本書の美点でもある。

「わたしたち人間は、ほんの五十年も恋をしなければ、つぎの世代が消えうせて、滅び去っていくか弱い生きものです」「男と女という性をもって、せっかく生まれてきたのだから、手をとりあってたのしくいきましょう」。

美紗子のこの言葉は、石田さんから読者へのメッセージである。

二〇一二年一月　光文社刊

光文社文庫

スイングアウト・ブラザース

著 者　石《いし》田《だ》衣《い》良《ら》

2014年 8 月20日　初版 1 刷発行

発行者　鈴　木　広　和
印 刷　慶　昌　堂　印　刷
製 本　ナ シ ョ ナ ル 製 本

発行所　株式会社 光　文　社
〒112-8011　東京都文京区音羽1-16-6
電話 (03)5395-8149　編　集　部
8116　書籍販売部
8125　業　務　部

落丁本・乱丁本は業務部にご連絡くだされば、お取替えいたします。
ISBN978-4-334-76779-2　Printed in Japan

組版　萩原印刷

お願い　光文社文庫をお読みになって、いかがでございましたか。「読後の感想」を編集部あてに、ぜひお送りください。

このほか光文社文庫では、どんな本をお読みになりましたか。これから、どういう本をご希望ですか。どの本も、誤植がないようつとめていますが、もしお気づきの点がございましたら、お教えください。ご職業、ご年齢などもお書きそえいただければ幸いです。当社の規定により本来の目的以外に使用せず、大切に扱わせていただきます。

光文社文庫編集部